Warum mir das
Jahr 2000
am Arsch vorbeigeht

Joseph von Westphalen

Warum mir das Jahr 2000 am Arsch vorbeigeht

oder

Das Zeitalter der Eidechse

Roman

Eichborn.

Die Deutsche Bibliothek – CIP-Einheitsaufnahme

Westphalen, Joseph von:
Warum mir das Jahr 2000 am Arsch vorbeigeht /Joseph von Westphalen. – Frankfurt am Main : Eichborn, 1999
ISBN 3-8218-3490-0

Umschlaggestaltung: Christina Hucke unter
Verwendung einer Illustration von Moni Port
Satz: Fuldaer Verlagsanstalt GmbH, Fulda
Druck und Bindung: Wiener Verlag, Himberg
ISBN 3-8218-3490-0

Verlagsverzeichnis schickt gern:
Eichborn Verlag, Kaiserstraße 66, D-60329 Frankfurt am Main
www.eichborn.de

1

Ich war gerade nach Hause gekommen, hatte es mir auf dem Sofa bequem gemacht und ärgerte mich, daß ich Orangensaft trank. Ich hätte mir lieber ein Glas Wein oder Whisky genehmigt. Das wäre irgendwie stilvoller. Meine Leber ist, soweit ich weiß, gesund, daran liegt es nicht. Die Folgen meiner drei Scheidungen waren teuer, aber noch verdiene ich genug, um mir anständigen Alkohol kaufen zu können. Das Problem liegt woanders: Ich kann nur in Gesellschaft trinken. Allein schmeckt es mir nicht. Seit dem Ende meiner letzten Ehe lebe ich allein. Die Frauen haben es mit mir nicht ausgehalten, weil ich zu viel arbeite. Stimmt. Ich sitze da und schreibe. Davon lebe ich.

Wenn ich schreibe, kann ich nicht trinken. Wenn ich trinke, werde ich fröhlich – und fröhlich fällt mir nichts ein. Ich brauche Ärger. Ich will nicht sagen Wut. Das ist mir zu pathetisch. Pathos mag ich nicht. Pathos ist nur gut, um mich darüber zu ärgern. Über pathetisches Gerede kann ich mich so ärgern, daß mir aus dem Stand seitenlange Hohntexte einfallen – es sei denn, ich habe ein Glas getrunken, dann lächle und lache ich versöhnlich über die schlimmsten Pathetiker. Meine Arbeit zwingt mich zur Abstinenz. Doch immer wenn ich etwas fertig geschrieben habe, stürze ich mich in Gesellschaft. Ich lasse mich einladen, wenn das nicht geht, lade ich ein. Ich esse und trinke, vergesse endlich für ein paar Stunden oder Tage alle Pflichten, genieße das Leben, eine heftige Fröhlichkeit überkommt mich, ich werde schlagfertig und charmant, und meine Versuche, Frauen zu gewinnen, haben gelegentlich Erfolg. Dann kehre ich zufrieden nach Hause zu meinem Schreibtisch zurück, werde wieder asketisch, blättere nüchtern in Zeitungen, bis mich der Ärger packt, und bearbeite die Tastatur meiner Schreibmaschine. Verständlich, daß meine Karrieren als Ehemann sämtlich scheiterten.

Ich hatte eine Menge zu tun in diesen Tagen Anfang Januar des Jahres 1999. Mit allen zugesagten Texten war ich wie üblich im Verzug. Ich kippte den Orangensaft hinunter und wußte, daß mit dem nächsten Glas Wein nicht vor zehn Tagen zu rechnen sein würde.

Gerade hatte ich ein paar große Buchhandlungen der Innenstadt durchstreift. Die bösen großen Läden sollte man zugunsten der lieben kleinen meiden. Ich kaufe allerdings nicht in Buchkaufhäusern. Ich schau' mich nur um. Denn nur hier bekommt man den Blick dafür, was geht, was der gottverdammten Mehrheit gefällt. Es hatten mir ein paar Anregungen für eine ironische 1200-Mark-Glosse über das aktuelle Bild der Frau gefehlt, die ich bis morgen früh schreiben sollte. In den lindgrünen Frauenbuch-Regalen war ich sofort fündig geworden: »Berühmte Frauen«, »Starke Frauen«, »Kreative Frauen«, »Eigenwillige Frauen«, »Vergewaltigte Frauen«, »Geheimnisvolle Frauen«. Nur »Schöne Frauen« gab es nicht. »Schöne Frauen« war offenbar ein frauenfeindlicher Titel. »Frauen ohne Männer« gab es, ferner »Frauen in der Wüste«, »Frauen auf Reisen«, »Frauen packen an«, »Neue Frauen« und natürlich »Powerfrauen«. Ich hatte mir insgesamt drei Dutzend Titel dieser Art notiert, brauchte sie nur in die richtige Reihenfolge zu bringen, schon wäre meine Glosse fertig. Eine absurde Litanei der Pseudoemanzipation. Reine Lyrik. Jeder Kommentar würde sich erübrigen. Ein paar noch nicht existierende Titel würde ich dazuerfinden: »Frauen online« und, hübsch doppeldeutig, »Frauen im Netz«.

Gegen sechs Uhr am Abend rief ein Verlag aus Hamburg an. Die Sekretärin stellte mich zum großen Verleger durch. Meine Frau liest Sie leidenschaftlich gern, sagte er zur Einführung. Ein Standardkompliment, das ich schon oft habe hören müssen. Bis vor einigen Jahren taten Verlagsleute noch so, als hätten sie etwas von einem gelesen. Nun ist es legitim geworden, sich als Nichtleser zu outen. Keine Zeit, ist doch klar. Jetzt lesen die Frauen. Wäre auch ein Buchtitel: »Wenn Frauen lesen«.

Der Verleger spielte den Eifersüchtigen und nannte einen

meiner Buchtitel – allerdings falsch. Es war nur zu ahnen, was er meinte. Den Fehler nahm ich ihm übel. Den Titel eines Buches, das er lobt, sollte sich auch ein Verleger merken können.

Dann zog er mich ins Vertrauen: Wir müssen etwas zusammen machen, sagte er. Alle machten Bücher zum Jahrtausendwechsel und zum neuen Jahrtausend. Ihm persönlich sei dieser Wechsel völlig egal. Aber man müsse mitmachen. Ein Verlag, der in seinem Programm nicht auf diesen verdammten Jahrtausendwechsel eingehe, sei von gestern. Man könne es sich nicht leisten, dieses Ereignis zu ignorieren – obwohl es eigentlich nur ein Datum sei und kein Ereignis.

Wir waren uns einig. Das Allerletzte dieser Jahrtausendwechsel. Haben Sie nicht trotzdem eine Idee, fragte der große Verleger. Mir würde doch zu allem etwas einfallen.

Ich hatte schon im vergangenen Dezember Anfragen gehabt, ob ich mir nicht für die Feuilletonbeilagen irgendwelcher Neujahrsausgaben das letzte Jahr des alten Jahrtausends vornehmen wolle: Hoffnungen, Ängste, Wünsche, Rückblikke, Prognosen, apokalyptische Visionen, ernst oder satirisch, egal wie, ganz wie's beliebt. Erbost hatte ich abgelehnt. Ich gebe zu vielem meinen Senf ab – aber nicht zu diesem Affentheater. Das ist unter meinem Niveau.

Umfragen wurden gemacht. Man sollte die wichtigsten Bücher, Bilder, Kompositionen des Jahrtausends nennen. Als stünde der große Umzug bevor. Als müsse man etwas zurücklassen. Als sollten die Schätze der Vergangenheit in eine Kiste geschichtet und verschnürt auf den Speicher gestellt werden. Als werde man ab 2000 nicht mehr Beethoven oder die Beatles hören. Als fange etwas neu an. Als sei Großreinemachen angesagt. Macht euren Jahrtausendwechsel ohne mich, ihr Putzfrauen, hatte ich gesagt!

Jetzt aber war ich ohne Grund weniger verdrießlich. Ich beschimpfte den Verleger nicht gleich wegen seines unsittlichen Angebots, sondern wollte eine Weile mitspielen, auch weil man sich dem großen Wahn ein bißchen nähern muß, um ihn nachher niedermachen zu können. Zu viel Zurückhaltung macht weltfremd.

Sie haben doch sicher etwas in der Schublade, sagte der große Verleger. Ich wies das erbost und wahrheitsgemäß zurück. So weit war ich noch nicht gesunken, daß ich etwas in der Schublade hatte. Ich fertige auf Bestellung Texte an und liefere sie ab. Nichts bleibt übrig. Es gibt keine Schublade. Ich produziere keine Texte auf gut Glück so vor mich hin. Das kann ich mir nicht leisten.

Keine Idee? sagte der Verleger.

Das konnte ich nicht auf mir sitzen lassen. An Ideen fehlt es mir nicht. Irgendwas mit Frauen, sagte ich daher aus Spaß und blickte abwesend auf meine Liste mit Frauenbüchertiteln, »Jahrhundertfrauen«, »Jahrtausendfrauen«, etwas in der Art.

Nicht schlecht, sagte der Verleger, und ich hörte ihn auf die Computertastatur tippen. Mist, sagte er, »Jahrhundertfrauen« und »Jahrtausendfrauen« – beides gibt es schon!

»Schönheit 2000«, schlug ich jetzt vor und phantasierte los: Ein neues Zeitalter bricht an. Das Jahrhundert der starken, kreativen, emanzipierten, eigenwilligen Frau sei vorbei, im neuen Jahrtausend werde es etwas ganz Neues geben, nämlich: Die schöne Frau!

Klingt gut, sagte der Verleger, war sekundenlang unkonzentriert und sagte zu irgend jemandem gereizt: Jetzt nicht! Da wußte ich wieder einmal, daß ich etwas wert war. Wenn Sekretärinnen während eines Telephonats unhöflich angefaucht werden, steht man hoch im Kurs. Sagen die Macher aber: Moment mal bitte! und lassen einen eine Weile in der Leitung hängen, dann bedeutet man ihnen nicht wirklich etwas. Man kann den Kontakt abbrechen. Es war alles nur Gerede.

Der große Verleger mußte sich nach der Störung kurz sammeln und korrigierte sich: Nein, Schönheit 2000 klingt nicht nur gut, es ist gut. Das ist es, was fehlt, »Schönheit 2000«. Ein Superarbeitstitel!

»Schönheit 2000« – das ist doch Gesichtscreme, sagte ich, völlig lächerlich! Wenn schon, dann was mit »Liebe«. Liebe sei besser und etwas haltbarer als Schönheit. Warum nicht »Liebe 2000« oder auch »Liebe 3000« oder gleich »Liebe im Zeitalter des dritten Jahrtausends«. Ich nahm ihn auf den Arm, und er merkte es nicht in seinem Trendbefolgungseifer. Den endgültigen Titel könnten wir immer noch später festlegen. Er ließ nicht locker. Wichtig sei, daß wir einen Vertrag machten. Arbeitstitel »Liebe 2000«.

Ich war reserviert, und es begann die Fleh-Phase: Bitte! sagte er, bitte, nur Sie können dieses Buch schreiben! Das sagen sie immer, wenn sie dringend Texte von einem haben wollen, die andere Autoren nicht schreiben.

Jetzt nicht! sagte ich

Ich fing mit meiner üblichen Litanei an: Jetzt nicht! Ich kann jetzt nicht! Völlig ausgeschlossen. Ich stecke bis zum Hals in Arbeit. Überhaupt nicht daran zu denken, mich mit noch einem Buchvertrag zu belasten.

Ich bin lange genug im Geschäft, um zu wissen, wie eine solche geradezu verzweifelt vorgebrachte Abwehr eines Angebots wirkt. Der andere glaubt zu ahnen, daß man durchaus interessiert sei, nur eben leider tatsächlich keine Zeit habe. Gegen diesen Einwand hilft nur ein finanzielles Angebot. Das kam jetzt. 40 Tausend. Ich war überrascht. Wer auf Anhieb eine solche Zahl nennt meint es ernst. Auch ich muß solche Summen ernst nehmen. Ich höre sie nicht alle Tage.

Geld hin, Geld her, sagte ich, es ist nicht zu schaffen, zeitlich. Vor Juni könne ich nicht anfangen. Zu viele Verpflichtungen.

Wenn etwas zeitlich nicht zu schaffen ist, hilft nur eine Erhöhung des Garantievorschusses. Der große Verleger legte 10 Tausend drauf. Ich tat so, als müsse ich nachdenken. Ich mußte nicht nachdenken. Ich kenne das Spiel seit Jahren und wußte, was zu sagen war: Es wäre vielleicht in einem Kraftakt machbar, das schon, aber es gäbe andere Gründe, die viel triftiger gegen das Liebe-2000-Projekt sprächen: Erstens lehnte ich Modethemen ab. Ich würde mir den Ruf als Originalpolemiker versauen, wenn ich mich an diese ordinäre Jahrtausendkiste anlehnte, an der offenbar ganze Heerscharen von Autoren sich gesundstoßen wollten. Zweitens sei es bei aller Liebe zum Zynismus einfach zu hart, ein ganzes Buch über etwas zu schreiben, was einen überhaupt nicht interessiere.

Aber, sagte der große Verleger, Sie können doch auch aus den langweiligsten Themen ihre eigenwilligen Funken schlagen! Sie schreiben so herrlich böse. Deswegen wollen wir Sie. Böse Bücher, wir brauchen böse Bücher. Er wurde euphorisch. Wie wär's mit 60 Tausend? Das ist doch jetzt wirklich ein Angebot!

Langsam wurde es interessant. Ich durfte jetzt nicht überziehen, machte aber einen letzten Versuch: Wissen Sie, man kann sich heute als Autor nicht mehr die Hoffnung leisten, für die Ewigkeit zu schreiben – leider, dieser schöne Traum ist zu absurd, aber man hofft doch wenigstens, ein Buch zu plazieren, das Chancen hat, sagen wir 10 Jährchen am Leben zu bleiben. Diese 2000-Schrift aber, das ist klar, ist doch schon im Februar 2000 gestorben. Das Garantiehonorar in Ehren, aber mit Geld allein kann ich nicht dafür entschädigt werden, eine Totgeburt hervorzubringen.

Der große Verleger dachte kurz nach und sagte: Von wegen Totgeburt, das Ding werde im Herbst 99 laufen wie verrückt, es werde eben eine steil aufsteigende und auch steil abfallende Erfolgskurve haben, eine Explosion gewissermaßen. Wenn in drei Monaten 50 Tausend Exemplare verkauft würden, könne man wirklich nicht von einer Totgeburt sprechen.

Ich rechnete blitzschnell: So ein Buch sollte nicht mehr als 20 Mark kosten, sind rund 2 Mark, die ich pro Stück verdiene, macht bei einer verkauften Auflage von 50 Tausend rund 100 Tausend. Diese Zahl nannte ich ihm nun. 100 Tausend Garantievorschuß. Klar, daß ihm das zuviel war. Seine Kapitaldecke sei nicht groß genug. Er bot 70 Tausend, und an seinem Wimmerton merkte ich, daß dies das Ende war.

Machen wir 69, sagte ich, ich kann mir sexy Zahlen besser merken. Paßt besser zum Thema.

Jetzt ging es nur noch um den Abgabetermin. Juli, sagte er.

Völlig undenkbar! sagte ich.

Es muß ja nicht dick sein, sagte der große Verleger. Das hörte ich gern. Wir einigten uns schließlich auf Mitte September. Er stöhnte: Das wird eng und teuer!

Wenn jemand Grund zum Stöhnen hat, dann ich, sagte ich. Das Schreiben unter diesem Zeitdruck werde eine Tortur!

Jetzt mal ruhig, sagte er plötzlich, Sie können doch nur unter Druck schreiben, das weiß doch jeder.

Zwei Tage später kam ein Vertragsentwurf. 69 Tausend Garantievorschuß, davon 30 Tausend zu zahlen bei Vertragsabschluß, der Rest bei Erscheinen des Buches. Die Prozentstaffel war in Ordnung. Ich strich die Paragraphen durch, wo der Verlag sich die üblichen Nebenrechte sichern wollte. Auch den Passus, der Text solle als Diskette oder per E-Mail geliefert werden, konnte ich aus Prinzip nicht akzeptieren. Ich benutze zwar einen Computer, nenne ihn aber »Schreibmaschine« und lehne aus reinem Trotz alles ab, was mit den neuen Medien zu tun hat. Ich korrigierte die Zahlungsbedingungen: Jetzt 40 Tausend und der Rest nicht bei Erscheinen des Buchs, sondern bei Manuskriptabgabe. Zu meinem Entzücken stellte ich fest, daß der Verlag vergessen hatte, einen Umfang des Manuskripts zu nennen. Wenn ich zwölf Seiten liefern würde, müßten sie mich auch auszahlen.

Die Änderungen wurden akzeptiert, und obwohl ich noch einiges andere fertig zu schreiben hatte, ließ ich zur Feier des Tages einen Liter Wein in mich hineinfließen. Schließlich war die Finanzierung des Jahres 1999 schon zur guten Hälfte gedeckt. Für mich selbst brauche ich nicht viel Geld, aber ich bin mir zu fein, mich gegen die rabiaten finanziellen Forderungen meiner Ex-Ehefrauen zu wehren, zahle ihnen, was sie wollen, und habe dabei das gute Gefühl, sie für das Leben mit mir zu entschädigen.

Der große Verleger rief dann noch einmal an. Er maulte etwas wegen der Nebenrechte, die ich dem Verlag nicht zugestanden hatte. Jetzt, wo der Vertrag abgeschlossen war, nannte er mich eine »Primadonna«. An seiner tonlosen Stimme merkte ich, daß sein Interesse an mir und meinem Buch schon erheblich nachgelassen hatte. Das ist normal, nicht nur in dieser Branche. Kaum ist ein Projekt fest verabredet, erlischt die Leidenschaft der Auftraggeber. Auch Verleger, Programmchefs, Lektoren sind Jäger und Fallensteller. Haben sie ihr Opfer, erlischt die Gier, und gleich wenden sie sich neuen Zielen zu. Also bis Mitte September dann, sagte er matt, schreiben Sie gut – und nicht vergessen: bitte schön böse!

2

Meine Abneigung gegen Moden und bürgerliche Rituale sitzt tief. Ich weiß nicht, wo diese Antihaltung herkommt, es ist mir auch egal, ich lebe von ihr – und zwar nicht schlecht. Ich lebe davon, daß ich schriftlich über vieles herziehe, was den meisten anderen wert und wichtig ist. Offenbar braucht man solche Leute. Wir waren mal wenige. Sieben Samurai sozusagen. Glorreiche sieben. Mittlerweile gibt es Dutzende von Autoren, die sich als literarische Raubritter betätigen und nichts gelten lassen.

Der Bedarf an Schimpf- und Verhöhnungskünstlern steigt proportional zu der Anpassungsbesessenheit der Mehrheit. Ich glaube nicht, daß diese Entwicklung einen religiösen Ursprung hat, daß also die Sünde des Mitmachens nach Abbitte verlangt, daß der Übeltäter gleichsam masochistisch nach Geißelung lechzt. Es kommt mir eher so vor, als sei es eine Frage der Arbeitsteilung. Der Unternehmer, der sich täglich zehn, zwölf oder vierzehn Stunden lang damit befassen muß, daß sein Laden läuft, hat nicht die Kraft, am Abend auch noch gegen den Innovationswahn zu sein, von dem er doch lebt. Nicht anders geht es Ärzten, Anwälten, Professoren, Politikern, Software-Entwicklern, Hausfrauen, Eheleuten. Vielen von ihnen erscheint ihr berufliches oder privates Dasein suspekt. Sie sehnen sich nach Texten, in denen sie Attacken gegen ihre Lebensformen nachlesen können. Das ist normal. Diese Leute bediene ich. Selbst Frischvermählte laben sich an Polygamiepropaganda.

Klassische Zielgruppen des Hohns sind natürlich Staat beziehungsweise Regierungen, Kirche, Militär und der Kulturbetrieb selbst. Das Unwesen der Obrigkeit verlangt danach, mit Worten gerupft zu werden. Wobei für mich auch immer der waltende Geist der Zeit, also die Trends und Moden zur Obrigkeit gehören, deren Diktat weit penetranter ist als beispielsweise das debiler Religionsvertreter. Bischöfe und Päpste sind Angehörige eines Trachtenvereins, folkloristische

Hampelmänner, die sich selbst demontieren. Auch gegen vanillepuddinghafte Fernsehpfarrer mag ich den Stein nicht werfen. Ich habe lieber harte Ziele.

Zu den empfindlichsten Berufsgruppen gehörten bis vor kurzem die Militärs, die Künstler und die Anbeter des Fußballspiels. Die wollten keine Kritik und empfanden Spott tief empört als Verletzung. Das hat sich geändert. Seitdem wieder Kriege geführt werden, sehen auch deutsche Soldaten Sinn in ihrem Leben, sie entwickeln damit auch Stärke und ein Bedürfnis, sich in Frage stellen zu lassen. Gleichzeitig sind die gestrigen Pazifisten als neue Zielscheibe hinzugekommen. Die brauchen nun nicht mehr geschont zu werden. Und auch die Fußballprofis sind selbstbewußt genug geworden, sich ihren Sport als eine Brutstätte beschreiben zu lassen, in der Intellektuelle versuchen, sich an den Wonnen der Masse zu atzen und sich so an das verlorene Proletariat heranzuwanzen.

Bildende Künstler schließlich, die noch bis vor kurzem jede Gegenstimme als reaktionär abwiesen, die jedem, der es wagte, Fragezeichen an ihren modernen Werken anzubringen, zeternd Nazigeschmack unterstellten, haben von onanistischen und in einer unverständlichen Sprache abgefaßten Huldigungen verblödeter Kunstkritiker genug und bestellen sich mittlerweile bei mir Texte, in denen ich mich ausschütte vor Lachen über die Originalitätskrämpfe der hoffnungslos verbohrten Gegenwartskunst. 5000 Mark zahlte mir neulich ein Maler unbegreiflicher Bilder für einen Katalogtext, in dem ich mich über die Unbegreiflichkeit der Kunst lustig machte. Er ahnte, daß sein Werk nur noch mit selbstmörderischer Ironie zu retten sein würde.

Bißchen weit ausgeholt, pardon, aber manchmal hat man Lust auf eine kleine Positionsbestimmung. Neben den hohen Zielen meiner Beschimpfungskunst gibt es auch niedere. Das alltägliche Leben bietet genug Phänomene, die man aufs Korn nehmen kann – wenn dieser martialische Heckenschützenausdruck erlaubt ist. Es gibt ja Sprachwächter, die immer flatternd vor Redlichkeit die Militarisierung unserer Sprache beklagen. Schon wer ein Argument »ins Feld führt«, spricht soldatisch, wer um die Liebe »kämpft«, wer Frauen »erobert«, ist ein verkappter Kriegstreiber. Das ist mir zu einfach und aufrecht. Ich führe durchaus meine Feldzüge und Kleinkriege, zum Beispiel gegen Mobiltelephone, Internethysterie, Ökoterror, Hosenmode, Opernaufführungen, Weinproben und gegen das Abfeiern runder Geburtstage. Es macht mir Spaß, aus dem Hinterhalt meine Munition abzufeuern.

Was des normalen Menschen Herz erfreut, was den Lebenskünstler ausmacht, nämlich Feste zu feiern, wie sie fallen – es ist mir zuwider. Abschlußfeiern, Faschingsfeiern, Promotions- und Habilitationsfeiern, Mittsommernachtsfeste und Hochzeitsfeste beelenden mich. Selbst die an Weihnachten zu erwartenden Geschenke hätte ich früher lieber bekommen, wenn die Gaben nicht an die rührseligen Rituale des Christenfestes gebunden gewesen wären. Am allerschlimmsten aber sind Meßfeiern. Einmal, ich war noch ein zartes Kind, wagte eine Tante, bei der ich das Wochenende verbringen sollte, mich am Sonntag mit in die katholische Kirche zu nehmen. Seitdem ekeln mich unwiderruflich der Geruch von Weihrauch, das Flackern von Kerzen, die Töne der Orgel, das gemeinschaftliche Absingen von Liedern – und der Vorname Maria ist mir ein Dorn.

Adventskränze, Ostereier, Pappnasen, Kirchweihgänse – alles Brauchtum, alles reaktionär, alles Volkskunde, Schamanismus. Ich brauche es nicht, ich will damit nichts zu tun haben. Jubel und Jubiläen aller Art sind mir ein Graus. Schon Überlegungen, wie man am stilvollsten 10 Jahre Betriebszugehörigkeit, 25 Jahre Ehe oder eben 50 oder 80 Jahre Erdendasein begehen könnte, machen mich aggressiv.

Geburtstagsfeste fand ich immer schon peinlich – eigene wie die anderer, je runder, desto schlimmer. Man kriegt das Falsche geschenkt oder schenkt das Falsche – oder man erhält keinen Dank für das Richtige. Die reine Hölle ist das Happy-Birthday-to-you, dem man sich kaum entziehen kann. Es schüttelt mich bei diesem gröligen amerikanischen Kampfgesang, der auch auf Italienisch nicht besser klingt: Tanti-auguri-a-te! Nie mehr will ich am Geburtstag von einer Horde wohlmeinender Freunde überfallen werden, die mit diesem Horrorlied aufwarten. So sehr verzieht sich meine Mimik ins Süßsäuerliche, daß ich Gesichtsschmerzen bekomme.

Auch der Ökoterror, der von seinen Opfern verlangt, auf den bekömmlichen, im Normalladen gekauften, geschälten und wunderbar vorbehandelten Reis zu verzichten und statt dessen den harten, ungeschälten, angeblich giftfreien Urreis hinunterzuwürgen, ist grausam. Grausamer aber noch ist der Terror der bevorstehenden 40. oder 50. Geburtstage von Freunden, zu denen man ganze Komödien ersinnen sollte, wenn es nach dem Willen der Veranstalter geht. Ich denke nicht daran. Ein Sketch von drei Seiten kostet 3000 Mark, mit Inszenierung 5000. Das ist mein Tarif. 15 Prozent Rabatt für alte Freunde, mehr ist nicht drin. Ich bin Lohnschreiber. Ich kann es mir nicht leisten, gratis mein Hirn auszuquetschen.

Zu den Fixpunkten bürgerlicher Sitten und Gebräuche gehört traditionell das Silvesterfest. Wochen vorher schon laufen die Überlegungen heiß, wie der Jahreswechsel am besten zu gestalten sei: Essen gehen – wenn ja wohin und mit wem? Wohin danach? Bleigießen ja oder nein? Oder ungiftigen Bleiersatz nehmen? Schwiegereltern einladen oder nicht? Oder wegfahren? Wie weit weg? Wenn ja, wohin? Madagaskar oder Neuseeland? Oder nur in die Berge? Mit oder ohne Kinder? Sekt oder Champagner besorgen? Wieviel Geld den Kindern für Knallkörper geben? Auf Ökofeuerwerk bestehen oder die giftigen Chinaraketen zulassen?

Wann ist noch mal dieser neue Nationalfeiertag? Dieser neue Tag der neuen deutschen Einheit? Wenn dessen Ablauf im Bundestag vorbereitet wird, geht es mittlerweile reibungsloser zu als beim Koordinieren eines Silvesterabends für drei stinknormale Familien. Selbst der 1. Mai mit seinen Gewerkschaftskundgebungen und seinen furchtbaren Blumensträußen neben den Rednerpodien kann nicht schlimmer sein als der 31. Dezember.

Natürlich habe ich gegen sämtliche Fest- und Feiertage, gegen Goethejahre, Brechtjahre, Heinejahre, gegen alle erdenklichen Jubiläen meine ungnädigen Texte geschrieben. Das Argument ist einfach: Wer seine Stimmung, seine Wünsche, sein Amüsierbedürfnis, seine Gedanken, sein Gedenken, seine Vorsätze an Kalenderdaten bindet, der ist ein Tropf, ein Stichtagsachbearbeiter. Anhänger des irischen Dichters James Joyce gießen alljährlich Guinessbier an jenem Sommertag in sich hinein, an dem der Ulysses-Roman spielt. Lieber Himmel! Ich brauche dieses Datum nicht, ich weiß auch so, daß mir die Genialität dieses Werks für immer verschlossen bleiben wird.

Wenn ich Lust habe, mich unmöglich anzuziehen, warte ich nicht auf den Fasching. Wenn ich Wünsche habe, nicht auf meinen Geburtstag. Gute Vorsätze fasse ich häufig, das allein finde ich noch nicht anstößig. Zum Beispiel nehme ich mir immer wieder vor, mehr zu trinken und dadurch öfter gute Laune zu haben. Auch sollte ich mehr rauchen – das steht mir. Beim Frauenhinterherlaufen müßte ich wählerischer sein – aber solche Besserung gelobe ich mir garantiert nicht zum lächerlichen Beginn eines neuen Lebensjahres oder Kalenderjahres. Ich sollte mich weniger verzetteln, fällt mir ab und zu ein, und keine Platte beziehungsweise CD mehr kaufen, weil ich genug besitze, um in eigenen Beständen die nächsten 100 Jahre Entdeckungen zu machen. Nie mehr Wollsocken im Dreierpack-Sonderangebot sollte ich greifen, keine Polohemden unter 10 und keine über 30 Mark – man macht so seine Erfahrungen. Keinen Film mehr ansehen, von dem gewisse Filmkritiker begeistert sind, nie mehr eine Glasversicherung abschließen, weil man ja doch vergißt, die Rechnung einzureichen.

Manchmal, an einem beliebigen Tag mitten im Jahr, kann mich der Wunsch überkommen, mein Leben zu ändern. Weniger Hetze zum Beispiel. Müßte doch möglich sein, denke ich mir, seine Zeit besser einzuteilen. Sich mehr auf das Wesentliche zu konzentrieren. Man ist ja meistens derart im Streß, daß man schon gar nicht mehr weiß, was das ist: Das Wesentliche. Ich will es gar nicht wissen.

3

Es ist nicht so, daß ich mir gar keine Gedanken über die Zukunft mache. Die Zukunft des Globus ist mir allerdings nicht so wichtig. Ich habe keine Kinder in die Welt gesetzt und also das Recht, die Stand-by-Funktion des Fernsehapparates angestellt zu lassen, für 5 Mark im Jahr Energie zu verprassen und damit meiner Bequemlichkeit zuliebe den Untergang unserer schönen Mutter Erde zu beschleunigen. Ich treibe es noch schlimmer: Seitdem ich allein lebe, lasse ich nachts in jedem Zimmer der Wohnung ein Licht brennen. Nur im Sommer, wenn Mücken durchs offene Fenster kommen, verzichte ich auf diesen Luxus. Ich hasse es, nach dem Lichtschalter tasten zu müssen wie ein Blinder, wenn ich nachts aufstehe, um mir einen Kaffee zu kochen und mir dann Schrott in der Glotze anzuschauen. Das brauche ich, das bringt mich in Fahrt. Nachts immer wieder mal von drei bis vier fernsehen ist ein Quell der Inspiration. Danach hängen die Feindbilder wieder gerade. Am besten, wenn die Billigprominenz nur noch bei sich selbst zu Gast ist, wenn sie in anderen Talkshows von den eigenen Talkshows talken oder von ihrem Dasein als Star einer täglichen Soapseichsendung. Dann wünsche ich diesen aufgeräumten Äffinnen und Affen die Pest an den Hals und fühle mich wohl in meinem Zorn und weiß wieder, was ich am nächsten Morgen schreiben muß.

Meine eigene Zukunft ist mir nicht egal. Bei aller Verachtung des bürgerlichen Sicherheitsdenkens habe ich keine Lust, als Sozialfall zu enden. Ich bin das, was man einen Lohnschreiber nennt, und ich weiß nicht, wie sicher dieser freie Arbeitsplatz ist. Eine Zeitlang war »Lohnschreiber« eine Berufsbezeichnung, mit der man herabgesetzt werden sollte gegenüber den echten Dichtern, als deren echter Lohn nicht die Bezahlung galt, sondern das verbissene Zupapierbringen ihrer inneren Stimmen ohne Rücksicht auf mögliche Leser. Dann kamen Jahre, in denen es als schick und richtig galt, die

Verkäuflichkeit seiner Texte im Auge zu haben. Man erinnerte sich, daß dies auch im 19. Jahrhundert durchaus gang und gäbe war. Das waren meine fetten Jahre. Die 80er Jahre im großen und ganzen. Viel Frauen, viel Geld, viel Kraft. Ehe- und Liebeskonflikte konnte ich mühelos weglachen oder wegficken. Ich schrieb auf Bestellung, was immer man wollte, immer konnte ich schreiben, wie ich wollte. Wenn man einen Text über ein Weihnachtsabendessen oder ein Buch über die deutsche Wiedervereinigung haben wollte, dann schrieb ich das: Ich haute Weihnachten und Deutschland in die Pfanne und schmorte die beiden rohen Stücke mit grimmigen Kommentaren so lange, bis sie gar waren.

Seit einiger Zeit, es war vorauszusehen, hat die ungenießbare Literatur wieder Aufwind. Zu Recht in der Versenkung verschwundene Autoren tauchen wieder auf und liefern ungenießbare Texte ab, bekommen dafür Preise und sagen in ihren Dankesreden: Ich war schon immer gegen leichte Literatur. Ihre dummen Worte sind gegen Leute wie mich gerichtet, denen sie den Erfolg nie gegönnt haben.

Ich schlage mich trotzdem noch immer gut durch. Trotz der Stimmen des mäkelnden Feuilletons, daß Polemik in literarischen Texten nichts zu suchen habe, finden meine Bücher noch eine ausreichende Zahl von Lesern, trotz der Forderungen meiner geschiedenen Ehefrauen bleibt mir genug Geld, um ab und zu großzügig zu anderen Frauen oder zu mir selbst zu sein. Ich verdiene noch immer gut, muß allerdings eine Menge schreiben, also nachts fernsehen, und das Licht brennen lassen. Noch gibt es genug Organe, die bei mir bestellen und mich gut honorieren.

Das Jahrtausendwechsel-Buchprojekt »Liebe 2000« brachte mir einen Haufen Geld und hob meine Laune. Es zeigte mir, daß mein Marktwert noch ausreichend hoch war. Andererseits war es von fast unerträglicher Absurdität. Ich nahm mir vor, nicht mehr als 60 Seiten über diesen Blödsinn zu schreiben – und zwar keinen Blödsinn. Je flacher das Thema, desto tiefer muß man schreiben – sonst hat man verloren. Ich würde in diesem Buch Gelegenheit ergreifen, mich von der um sich greifenden Millennium-Hysterie zu distanzieren, ich würde ein wenig gegen das eigene Thema wüten, so die nötige Selbstironie hineinbringen und meine Haut als kritischer Geist retten. Trotzdem, es würde bitter werden, und ich ahnte schon im Januar, daß ich nicht vor Anfang September damit beginnen würde, um es in einem wütenden Anfall in drei, vier Wochen hinzutippen, mit etwas Verspätung abzuliefern und dann die restlichen 29 Tausend Mark zu kassieren. Plötzlich ärgerte ich mich, daß es wegen meiner Großspurigkeit nicht 30 Tausend sein würden.

Apropos Zukunft: Im vergangenen Jahr hatte ich wieder einmal versucht, auf seriöse Art Geld zu erschreiben. Es begann damit, daß mir ein Verleger eine rätselhafte Zeile schrieb: Wie sieht es mit deiner Altersversorgung aus? Melde dich! Ich fragte nach. Er bat mich, ein Kinderbuch zu schreiben. Normale Bücher, selbst die besten Romane, seien heute nach einem Jahr weg vom Fenster, sagte er. Er sagte mir nichts Neues. Nach zwei Jahren wissen die Kritiker nicht einmal mehr die Titel der Romane, die sie als Knüller des Jahrzehnts hochgelobt haben, nach einem weiteren halben Jahr haben sie den Namen des Autors vergessen.

Ein Kinderbuch verkauft sich über Jahre, sagte der Verleger. So wie ich schriebe, werde es garantiert ein Klassiker, kein Best-, aber ein Longseller, damit sei meine Altersversorgung gesichert. Ich ließ mich auf diese Hoffnung ein, kassierte einen erbärmlichen Vorschuß und schrieb dieses Buch tatsächlich, das bei seinem Erscheinen die Kinder allerdings wenig zu interessieren schien, wie ich den Abrechnungen der Verkaufszahlen entnehmen konnte – und ich mußte wieder einmal einsehen, daß mir das Zeug zu bessersellenden Büchern fehlt. Bei 10 Tausend Lesern hört bei mir das Verkaufen meist auf. Ideologisch natürlich beruhigend, daß die Galligkeit noch nicht verkommen ist. Wäre ja irgendwie auch bedenklich, wenn Texte, die gegen sehr vieles sind, bei sehr vielen ankämen. Es wurde mir wieder einmal klar, daß man anders schreiben muß, um breit anzukommen, daß ich aber nicht anders schreiben kann und will. Der Stoff, aus dem die gut verkäuflichen Bücher gestrickt sind, muß naiver sein. Das Liebliche ist eben doch konsumierbarer, als wenn ich in meinem Buch den Kindern fasternst beizubringen versuche, wie man mit Vortäuschungen, Erpressungen, Angebereien den Erziehungsversuchen der Eltern ausweichen und sich durchschlagen kann.

Wieder nichts. Dabei hatte ich mir vorgenommen, in Zukunft etwas weniger zu arbeiten. Doch nur, wenn ich mehr gelesen werden würde, müßte ich weniger schreiben. Ich wollte mehr Zeit für die Liebe haben. Auch das war ein guter Vorsatz. Es mußte etwas geschehen. Meine Liebschaften hatten einen Grad an Unverbindlichkeit angenommen, der mir nach den Ehefesseln erst angenehm erschienen war und der mich jetzt zunehmend langweilte. Die Leidenschaft war weg.

Mehr Zeit für die Liebe haben. Das sagen alle. Man hat so wenig Zeit für die Liebe, daß sie einem als Heiligtum verklärt vor Augen schwebt. Kann ja auch nicht stimmen. Die Liebe muß auch ihre Haken haben. Ich wollte endlich einmal genug Zeit haben, die Nachteile der Liebe zu erkunden. Es ist mir peinlich, wie ich alles Erdenkliche kritisiere, nur die Frauen und die Liebe nicht. Die preise ich wie ein blinder Sänger. Das kommt zwar an bei den Leuten, weil es ihnen auch so geht, aber es ist Unsinn.

Gesünder zu leben nehme ich mir nie vor. Das ist mir zu dumm angesichts eines Lebens, das vergeht. Im Ökoladen wird man mich nicht antreffen. Einzig unbehandelte Mandarinen habe ich schätzen gelernt. Die gibt es zum Glück auch schon in besseren Supermärkten. Im Winter habe ich schon immer gern Mandarinen gegessen. Es ist schön, eine Liebesnacht in einem Hotel mit einer Flasche Rotwein zu beginnen. Aber in der Nacht ab drei, vier Uhr ist eine Erfrischung mit Mandarinen das Richtige. Man schält sie ohne Messer und füttert sich. Die Idylle aber wird jäh gestört, wenn man gespritzte oder gewachste Mandarinen oder Clementinen mitgenommen hat. Das Konservierungswachs sticht einem nicht scharf und ehrlich wie anständiges Pflanzenschutzmittel in die Nase, das ginge ja noch, es riecht mulmig, muffig, schwelend nach den Kunststoffabfällen in der Umgebung nordsibirischer Chemiefabriken. Der ungute Geruch weicht nicht von den Fingern und haftet für Stunden in der Nase. Das Abschlecken klebriger Hände, ein Zuneigungszeichen enthemmter Verliebter, führt zum sofortigen Tod der Lust, wenn es sich um Mandarinen-Konservierungswachs-Klebrigkeit handelt. Ich tue hier so, als verbrächte ich ständig Liebesnächte mit Mandarinen-Erfrischungspausen. Das ist eher selten. Aber immerhin gibt es diese Nächte noch. Dank Nadja. Nadja aus Paris.

Ich hatte mir drei Pfund unbehandelter Mandarinen gekauft und aß eine nach der anderen und roch zufrieden an meinen Fingern und zappte ein bißchen zwischen den Fernsehprogrammen hin und her, um mir Anregungen für mein absurdes Buchprojekt »Liebe 2000« zu holen. Es war mitten am Nachmittag, als das Telephon klingelte, und ich war sicher, es würde die Redaktion einer Frauenzeitschrift sein, der ich eine kleine Betrachtung über den romantischen Mann schuldete, aber es war der Cheflektor eines Verlags aus Berlin, den ich flüchtig von früher kannte. Er hatte mich einmal gebeten, für eine Eifersuchts-Anthologie einen Text zu schreiben. Für Anthologien schreibe ich nicht, ich kann es mir nicht leisten, die Honorare sind grotesk gering, die Leser sind achtlos, und kein Kritiker nimmt einen gelungenen Text wahr und macht darauf aufmerksam.

Der Berliner Lektor ging mir auf die Nerven, weil er auf seine Frage, Wie geht es?, die Antwort nicht abwartete, sondern ungebeten das Leben in der Hauptstadt rühmte. Dieser Lärm! Dieser Dreck! Das ist das Leben!

Begeisterung kann eine Unverschämtheit sein. Die Frage Wie geht es? mag ich neuerdings, weil ich zwei Antworten parat habe. Entweder: Das geht Sie nichts an! Oder: Machen Sie sich keine Sorgen!

Nachdem er das aufregende Berliner Leben gepriesen und ich ihn mit der Bemerkung zum Schweigen gebracht hatte, ich könne Aufregung nicht ausstehen, kam er zur Sache. Beim »Festzurren«, wie er sagte, der Vorschau für den Herbst/Winter 99 sei ihm klargeworden, daß er keinen einzigen Titel zur Jahrtausendwende im Programm habe.

Ehrenwert, sagte ich, daß Sie diesen Zirkus ignorieren!

Mit Ehre verdient man kein Geld, antwortete er, als sei das eine neue Berliner Weisheit. Und dann, fast belehrend: Gerade in Berlin kann man an diesem Datum nicht vorbeigehen.

Ich sagte ihm, daß er bei mir an der falschen Adresse sei, falls er einen literarischen Jahrtausendwechselschnellschuß von mir haben wolle. Schon das normale Silvester gehe mir so auf die Nerven, daß ich darüber keine Texte schreiben würde. Diese Millennium-Hysterie würde ich garantiert nicht kommentieren, es gebe Sachen, die seien unter meinem polemischen Niveau.

Während ich mich in Rage redete, ahnte ich bereits, was er sagen würde, wenn ich ihn wieder zu Wort kommen ließ: Aber genau diese Empörung will ich doch. Sie brauchen doch nur aufzuschreiben, was Sie eben gesagt haben. Schon ist das Buch fertig.

Sie haben mir soeben bereits das halbe Buch erzählt, sagte er feierlich, als ich meinen Schwall losgeworden war. – Das halbe Buch nur? Er war offenbar Realist. Hätte ich nur ein Band mitlaufen lassen, sagte er. Genau das brauchen wir, eine Polemik gegen das eitle Sichselbstfeiern dieser Stadt, das wird ein echter Hauptstadt-Text.

Ich bin einen Berliner! rief ich.

Dann begann das Feilschen. Ich zierte und wehrte mich und lockte ihn. Er drängte und drohte, er werde ein Gedächtnisprotokoll dieses Telephongesprächs veröffentlichen, wenn ich das Buch nicht machte. Berlin brauche diesen Text. Sein Verlag brauche ihn. Ich sagte, meine letzten Fans liefen mir davon, wenn ich über ein faules Ei wie die Jahrtausendwende ein Buch schriebe, die Bearbeitung solcher abgefuckten Themen sei man nicht von mir gewöhnt. Jeder Dutzendpolemiker werde etwas zu diesem Wichserdatum verzapfen. Ich würde mir mit dem Titel den Ruf versauen.

So stieg langsam der Preis, und als wir bei 80 Tausend waren und der Berliner Lektor langsam matt wurde, sagte ich, von der Hauptstadt hätte ich schon 100 Tausend erwartet. Da schwieg und stöhnte er: Na gut, er werde mir einen Vertragsentwurf mit den Eckdaten zukommen lassen. Und ich sagte: Noch habe ich nicht zugesagt!

4

Viereinhalb Stunden lang hatte ich mit Nadja in Paris telephoniert. Nach drei Stunden war sie so weit, daß sie gern bei mir gelegen wäre. Nach vier Stunden verabredeten wir uns für Ende März in Madrid, wo sie eines ihrer Kinder besuchen wollte, das dort zur Schule ging. Nadja verband gern ihre Pflichten als Mutter mit den Kapriolen der Geliebten.

Ich ärgerte mich, daß mir während des langen Telephongesprächs immer wieder der Satz: Mein Gott wird das teuer! durch den Kopf ging. Eine penetrante innere Stimme. Die besorgte Sekretärin eines Chefs, der vor dem Ruin steht. Kopfschütteln und mit den Oberzähnen auf die Unterlippe beißen: Mein Gott wird das teuer! Wenn Nadja diese Stimme und diese Formulierung hätte hören können – sie hätte mich verachtet. Zu Recht. Ich hatte schon zu Beginn des Jahres so viel verdient, daß ich bequem bis in den Sommer 2000 hinein würde leben können, von zwei kurzen unangenehmen Arbeitsphasen unterbrochen, in denen ich das aberwitzige Liebe-2000-Buch und das nicht viel weniger idiotische Buch mit dem Arbeitstitel »Berlin – das Große Silvester« schreiben müßte. Den Abgabetermin des Berlin-Buchs hatte ich auf Anfang Oktober verlegen können, wohl wissend, daß Anfang Oktober Ende Oktober bedeutete. Ab Mitte September bereiten die Verlage die Buchmesse vor und haben keine Zeit, sich um Manuskriptabgaben zu kümmern.

Bei 169 Tausend Mark Jahresgarantieeinkommen würde wohl ein Viereinhalbstundentelephonat mit Paris drin sein, auch ohne diese neuen Vorwahlen, die alles billiger machen, die man aber nie parat hat. Darüber sollte ich etwas schreiben. Das war wichtiger als der Jahrtausendwechsel. Dieser Scheinvorteil. Der Terror der freien Marktwirtschaft. Im Chaos der Anbieter. Die Sehnsucht nach der Monopolgesellschaft.

Eine Stunde lang erzählte mir Nadja, wie es ging. Gut ging es, wie fast immer. Sie ist vierzig und hat vier Kinder von vier verschiedenen Männern. Mit dem ersten ist sie nach wie vor verheiratet. Es gibt offenbar keine wirklichen Probleme. Alle wissen voneinander, keiner zückt das Messer. Alle haben Geld und nehmen ihr die Kinder ab, wann immer Nadja ihre Freiheit haben will. Einer ihrer Männer ist Araber, sieht finster aus, ist aber zahm. Keiner hat Macht über sie. Von jeder Telephonzelle der Welt kann Nadja ihr Imperium regieren und bestimmen, welcher Vater wann welches Kind wo abholen und wohin bringen soll – sie komme erst in zehn Tagen wieder nach Hause. Ich habe das erlebt. Von einem harmlosen Platz in einem Südtiroler Dorf aus entschied sie einmal, nicht mit Sohn Zwei zu Vater Vier in die Bretagne, sondern mit mir nach Venedig zu fahren.

Alle ihre Männer hat sie zu fürsorglichen Vätern gemacht. Drei ihrer Männer sind reich und weiß, der vierte, der Araber aus Ägypten, ist nicht weiß, aber auch reich. Alle haben schöne Wohnungen und Häuser, bei allen hat Nadja ein luxuriöses Gemach. Ihre eigene Wohnung in Paris erinnert mich an meine eigene. Nur noch achtloser. Sie sieht so aus, wie ich mir Heines Matratzengruft vorstelle. Ich glaube, das braucht sie, um auf die Reichen und Weißen schimpfen zu können. Nadja selbst ist braun. Sie kommt aus Kenia, der Vater ein dort gebliebener Sproß eines Kolonialbeamten, die Mutter eine Schwarze.

Nadja schwärmt für Rimbaud. Meine Schreiberei kennt sie aus zwei Büchern, die ins Französische übersetzt sind. Es gefällt ihr nicht, was sie von mir gelesen hat. Nicht poetisch genug, findet sie. In einem meiner Romane versucht mein Held schlecht und recht zwischen drei Frauen zurechtzukommen. Prompt mußte ich mir von Dutzenden feministischer Kritiker anhören, das sei eine billige Männerphantasie. Dann lernte ich Nadja kennen und stellte fest, daß sie sich in der Realität zwischen vier Männern traumwandlerischer bewegt als mein Held im Roman zwischen drei Frauen. Den Roman mag sie trotzdem nicht. Zu leicht. Zu direkt. Ich mußte eine Menge Prüfungen bestehen, um ihr Herz zu gewinnen.

Sie schmolz erst dahin, als ich ihr die Glacéhandschuhe meiner russischen Urgroßmutter geschenkt hatte. Die hatte auch Nadja geheißen, war Jüdin gewesen und Primaballerina in Petersburg. Diese Tatsache entschädigte meine Nadja dafür, daß ich ein Deutscher war. Die Deutschen mochte sie nicht, verständlicherweise. Ich mag sie auch nicht. »Nadja 1859« stand mit schöner Schrift innen am Ende der ellenlangen Handschuhe. Hundert Jahre später war meine Nadja geboren. 1959 in Kairo. Sie schlüpfte in die Nadja-Handschuhe aus feinem Leder. Sie reichten fast bis zur Schulter. Wie Schlangen krochen Nadjas zierlichen Arme langsam in die enge Haut.

Von da akzeptierte sie mich als fünften Mann. Nein, daß ich ein Deutscher sein mußte. »Le Fuck!« fluchte sie. Sie sprach das »Fuck« nicht englisch oder amerikanisch aus, denn die Engländer und Amerikaner mochte sie auch nicht. Feine Franzosen sprächen es »föck« aus, sagte sie, so wie sie »Blöffen« statt »Bluff« sagen, »bötter« statt »butter« und »slöm« statt »slum«. Aber feine Franzosen mochte Nadja noch weniger als Deutsche und Amerikaner. Deshalb sagte sie nicht »Föck!«, sondern »Fück!« – mit langem spitzen »ü«. »Le Fück!« sagte sie meistens, und später, als wir schon fickten, nannten wir das »faire le fück!« Vorher allerdings verlangte sie, daß ich einen Aidstest machte, denn Kondome lehnte sie ab. Auf die Frage, wie es mit ihrer Immunkraft bestellt sei, lachte sie und sagte, ich müsse ihr vertrauen.

Sie war sehr wild im Bett und geriet rasch außer sich. Schon beim zweiten Mal glitten wir, ohne es zu bemerken auf den Boden, sie tobte weiter wie von Sinnen auf mir herum, und es gefiel mir so gut, daß ich sie auch mit vier weiteren Männer geteilt hätte. Ich bin sicher, daß es den anderen ähnlich geht. Irgendwann knackte es ungut – und am nächsten Morgen merkte ich, daß sie mir eine Rippe gebrochen hatte. O merde, le fück! sagte Nadja und lachte. Auch ich lachte, und das Lachen tat weh.

Nadja macht sich nichts aus dem, was ich schreibe, aber sie

mag es, wie ich die Dinge einschätze. Wir sind uns ähnlich. Sie ist eine große Nörglerin. Das Bürgertum, von dem sie doch lebt, kann sie nicht ausstehen, die Christen und die Muslims mit ihren Religionen findet sie allesamt blabla, auch die frommen Juden. Ihr Ehemann ist Jude. Sie liebt es, sich ungewöhnlich anzuziehen. Sie hat einen Overall, der sie zur Eidechse macht. Sie schlüpft in ihre zweite Haut und sagt: Alors je suis ton lézard! Sie geht mit diesem Gewand auf die Straße, das andere Frauen nicht einmal im Schlafzimmer zu tragen wagen würden. Dunkel glüht sie wie eine Zigeunerkönigin und mokiert sich über die Blicke der Passanten, die nicht wissen, wo sie angesichts von so viel Eidechsenlaszivität hinsehen sollen. Manchen hilflosen Männern und Frauen auf der Straße oder im Restaurant hat sie schon die feine Hand auf die Schulter gelegt und sanft gefragt: Gefalle ich Ihnen nicht? Ihre anderen Männer mögen es nicht, sagt sie, wenn sie so ist. Ich mag es, und das schätzt sie an mir.

Feste und Jubiläen sind Nadja verhaßt wie mir. Sie amüsierte sich, als ich ihr erzählte, daß ich zum Jahrtausendwechsel zwei Bücher über das Jahrtausendwechselgedöns machen würde. Le Fück, sagte sie, schreib, daß das dritte Jahrtausend das Jahrtausend der Eidechsen werden wird. In Madrid würden wir uns über die beiden Buchprojekte unterhalten. Nadja ist anregend und anstrengend.

Die Liebe, die ich bisher kannte, war immer kompliziert. Es war ein Schmachten und Sehnen, ein Nicht-zueinander-Kommen und ein Sich-nicht-trennen-Wollen. Viel Schmerz. Mit Nadja ist es anders. Sie beißt einen, daß man schreit, und sagt: Das machen Eidechsen so. Man muß auf seine Rippen aufpassen, wenn sie ihn Fahrt kommt. In der Seele aber tut es nicht weh. Es gab von Anfang an so wenig Herzschmerz mit ihr, daß ich die Liebe manchmal gar nicht fühlte.

Auch als sie einmal morgens plötzlich ihren kleinen Koffer packte, weil es ihr einfiel zu verschwinden, tat es nicht weh. Du nervst mich, sagte sie, du denkst an deine Arbeit. Ich erschrak und protestierte, denn genau das war einer der Gründe für die Zerwürfnisse mit meinen Ehefrauen gewesen. Endlose Beteuerungen hatten dann immer begonnen, ich hatte mich als Hin-und-Hergeworfener gefühlt zwischen Leben und Literatur. Meine ersten zwei Frauen hatten noch argumentiert, die dritte, die, soviel ich weiß, außer mir keinen Schriftsteller kannte, hatte zum Abschied nur noch gesagt: Ihr Poeten seid doch alle große Wichser!

Das erzählte ich Nadja. Sie lachte nur: Auch gut, sagte sie, ließ sich zum Bahnhof fahren und gab mir eine Ohrfeige: Ich weiß, du bist froh, daß ich dich allein lasse, sagte sie, und jetzt erst wußte ich, daß sie recht hatte. Man kann nicht arbeiten mit einer Eidechse um sich herum. Keine Frage, wir würden uns wiedersehen. Zwei Tage später rief sie aus Warschau an und nannte eine Adresse, wo ich das Buch hinschicken sollte, das sie bei mir vergessen hatte. Stevenson übrigens, »Reise durch die Cevennen«. Sie hatte im Zug einen Schlafwagenschaffner kennengelernt, einen Mongolen, wie sie sagte, der sie umsonst erster Klasse bis nach Warschau mitgenommen hatte. Ich glaubte ihr. Sie lernt ständig ungewöhnliche Menschen kennen.

Nadja 2000. Oder Nadja 3000? Vielleicht war sie eine Vorbotin? Wies diese ungebundene Art von ihr voraus in die Zukunft oder zurück? War ihr Wesen archaisch-zigeunerhaft oder science-fiction-artig? Die Eidechse war beides. Urige Steinzeit und glatt im Weltraum. In wenigen Wochen würde ich mich Nadjas Spekulationen über Vergangenheit und Zukunft stellen. Ich holte tief Luft. Die Rippe war vor einem halben Jahr gebrochen und tat noch immer etwas weh.

5

Neinsagen ist eine Kunst. Ich bilde mir ein, sie einigermaßen zu beherrschen. Ich sage Nein zu Handys, zu E-Mail und zum Internet. Nein zu ISDN-Anschlüssen. Das Analoge ist mir lieber. Der Anlaß für das Ende einer meiner Ehen war ein ISDN-Anschluß. Mein altes Telephon war schwarz, schwer und verschwiegen. Es funktionierte nicht mehr mit der modernen ISDN-Wunderleitung. Der neue Apparat, dieses indiskrete kleine graue Plastikschwein, merkte sich eine Nummer – und schon war ich als Unhold überführt. Daher nein zur Wahlwiederholungstaste! Nein zum neuen Telephon-Design! Nein zu neuen Autos. Nein zu Kurzhaarschnitt und Dauerwelle. Nein zu grauen und zu gefärbten Haaren. Nein zum Reisen, das die Leute nicht klüger macht. Nein zu Kriegen, zum Nationalismus und zur Singvogeljagd – sage ich nicht, weil jeder vernünftige Mensch dagegen ist, da kann ich mir meine Argumentationsenergie sparen. Dafür sage ich nein zu Europa – dazu gehört wenigstens Kraft. Nein zu Hollywood. Nein zu deutschem, aber auch zu französischem und italienischem Wasser.

Meine Neins sind nicht immer ehrlich, aber auch zur Wahrheit muß man nein sagen können. Meine Neins sind nicht für die Ewigkeit. Zu Telephonkarten habe ich lange nein gesagt. Nachdem ich Nadja damit hantieren sah, akzeptiere ich diese Errungenschaft.

Und natürlich sage ich nein zu jedem neuen Jahr. Es ist nicht einzusehen, warum man ausgerechnet zum Unabänderlichen ja sagen sollte. Das Vergehen der Zeit ist schlimm genug, aber dieses unaufhaltsame Herankriechen und dann Sichbreitmachen neuer Kalenderjahre oder Lebensjahre ist unanständig. Neue Jahre erinnern mich an diese dicken, fetten, wattigen Raupen, die allesamt Schädlinge sind, was mal aus ihnen wird, weiß man nicht. Jeder Ausländer wird als Eindringling argwöhnisch gemustert, das neue Jahr aber empfängt man mit Hallo wie einen willkommenen Gast. Das nenne ich Opportunismus. Das ist die Identifikation mit dem Aggressor. Prost, tu mir nichts! Daher nein zu Jahresfeiern aller Art. Kein Prost, kein Salutieren zum Geburtstag und zur Silvesternacht, kein Sekt, kein Schampus, kein Prosecco.

Ein zehnfaches Nein, wenn neue Jahrzehnte anbrechen, ein hundertfaches Nein jedem neuen Jahrhundert. Dieses nun anstehende, völlig uninteressante, windelweiche, sich schon Monate vor seiner Ankunft als etwas Besonderes aufspielende, konturlos und riesenbabyhaft sich heranwälzende neue Jahrtausend aber sollte nicht mit einem tausendfachen Nein begrüßt werden, weil das zu tosend klingt, das könnte im großen Lärmen mißverstanden werden als Jubiläumsprostgeschrei. Ich empfehle stilles Wegsehen. Das Jahrtausend kommt, und es guckt kein Schwein. Nur ein letztes Häuflein unbelehrbarer Lebensbejaher zündet seine melancholischen Raketen. Das wäre nach meinem Geschmack.

Nein zu sagen kann ich mir nicht leisten, wenn Angebote winken. Zweimal ja hatte ich mittlerweile zu Buchprojekten gesagt, in denen ich mich knurrend mit dem neuen Jahrtausend befassen würde. Ich war schon oft in einer Lage, ja zum Neinsagen beziehungsweise Neinschreiben sagen zu müssen, und bin an dieses Paradox gewöhnt.

Beim Schreiben des ersten Buches über die Liebe 2000 würde ich erst einmal alle Frauen, die mehr als 10 Sekunden an den Gedanken verschwenden, was sie an Silvester 1999 anziehen sollen, als Hühner, Gurken, Tussis und Schicksen verhöhnen, dann würde ich einfach Nadja, wie sie leibt und liebt und lebt, als Frau der Zukunft besingen: die Eidechse, die Wechselblüterin, flink in der Sonne, langsam im Schatten, keinem Mann und keiner Kultur gehört sie. Es würde ein Vergnügen sein, dieses Buch zu schreiben. Ich schreibe gern Bücher für bestimmte Personen. Es ergötzt mich, für einen langen literarischen Brief in Buchform nicht nur mit Umarmungen und Küssen, sondern auch mit einem satten Honorar belohnt zu werden.

In dem Berlinbuch würde ich alle vermischten Zeitungsmeldungen über die Jahrtausendwendevorbereitungen der Hauptstadt sammeln. So wie es aussah, würde ich wenig dazuerfinden müssen, um eine Groteske daraus zu machen. Eine wahre Begebenheit hatte ich schon, ich hatte sie Anfang 1998 erlebt, den Kopf darüber geschüttelt und die Sache dann vergessen. Jetzt fiel es mir wieder ein: Ein Event-Agent hatte angerufen und mich gefragt, was ich an Silvester vorhätte. Irgendwie roch die Sache nach Geld, das ich in diesem Augenblick dringend brauchte. Daher war ich nicht so unfreundlich, wie man zu einem Event-Agenten sein müßte. Er sprach von einer großen Sause in Berlin, und sofort stellte ich mir die Silvesterparty des Bundesverbands der Pharmahersteller oder der Softwareverschieber vor – die Feier irgendeiner boomenden Branche, organisiert von einer auf gehobene Events spezialisierten Agentur, die etwas Struktur in den Ablauf des Abends bringen mußte und daher auf den ganz richtigen Gedanken verfallen war, mich zu einer Rede oder einer kurzen Lesung zu gewinnen, wo ich achthundert angeheiterte Menschen zehn Minuten lang mit intelligenten Zoten über den Computerfetischismus oder die Arzneimittelgläubigkeit amüsieren und dafür 80 Tausend Mark einstreichen würde. Seitdem ich einmal bei der Jahrestagung des Bundesverbands der Bierbrauer für einen dreiminütigen Festvortrag, in dem ich das Bier als Volksverdummungsbrühe bezeichnete, 10 Tausend Mark erhalten hatte, sind meine Honorarvorstellungen hoch und realistisch

Es stellte sich aber im Laufe des Gesprächs heraus, daß dies nicht das Ansinnen des Event-Agenten war. Erstens ging es nicht, wie ich in meiner Unschuld vermutet hatte, um das kommende Silvester 1998/99 – das vergessen wir mal, sagte er –, sondern um das übernächste: das große in zwei Jahren, wie er sagte. Wir denken doch alle nur noch daran, belehrte er mich – Anfang 1998 wohlgemerkt. Zu diesem »großen Silvester« lud er mich ein, und zwar herzlich. Ich wurde ungeduldig. Er schilderte dann die Exklusivität des Events: 2000

Auserwählte würden geladen, wirklich nur die Creme des öffentlichen Lebens.

Er machte eine Pause, um das wirken zu lassen. Er dürfte nicht gemerkt haben, daß mich sein Anpreisen nicht beeindruckte.

Und? sagte ich so unfreundlich wie möglich.

Jeder Geladene werde sich als eine historische Figur der letzten 2000 Jahre kostümieren, sagte er, deswegen schon jetzt die Einladung, damit es keine Überschneidungen gebe.

Ist Shakespeare noch frei? fragte ich.

Schön, daß Sie kommen wollen, sagte er, er könne mich für Shakespeare vormerken.

Ich habe noch nicht zugesagt, sagte ich, kommen wir erst zum Geschäftlichen.

Natürlich, sagte er bereitwillig.

Wer steckt dahinter, wer zahlt das, was springt dabei raus, wollte ich wissen und fügte schneidend hinzu: Ich hasse Kostümfeste, aber für, sagen wir, 30 Tausend mache ich den Shakespeare – plus Anreise und Übernachtung natürlich.

Der Event-Agent verstand nicht. Kein Wunder, denn wie sich herausstellte, suchte er 2000 Personen, die auf sein exklusives Cremegeschleim hereinfallen würden und bereit waren zu bezahlen, um am 31. Dezember 1999 in Berlin bei seinem topexklusiven Silversterkostümfest dabeizusein. 15 Tausend Mark die Eintrittskarte, plus Anreise und Übernachtung. 100 Mark des Eintrittsgeldes an die Regenwaldstiftung. Ich brauchte nur die Augen zu schließen und mir dieses Fest vorzustellen – schon könnte ich in 14 Tagen 150 Seiten über den Berliner 2000-Wahn herunterschreiben.

Es beruhigte mich, daß ich nunmehr die beiden Bücher im Kopf hatte. Wenn ich so weit bin, weiß ich, daß nichts mehr schiefgehen kann. »Das Gedicht ist fertig – bis auf die Worte«, hat irgendein Barockdichter geschrieben. Ich mag diese Zeile. Sie beruhigt mich. Ich habe auch schon verzweifelt drängelnde Verleger und Lektoren mit diesen Worten beruhigt –

und immer haben sie in letzter Sekunde bekommen, was sie wollten. Ich mache Sprüche – aber ich liefere auch.

Es würde vollkommen ausreichen, wenn ich am 1. August mit dem Liebe-2000-Buch beginne. Drei Wochen schreiben. Eine Woche Pause, dann den Berlin-2000-Quark, und fertig. Es würde keine Hetze geben. Erlöst von dieser Aussicht, spülte ich einen Liter eiskalten Weißwein in mich hinein – Weißweins, sagte ich nach dem dritten Glas, denn wenn ich einen sitzen habe, machen mir Genitive plötzlich Spaß. Wie immer wurde ich heiter und versöhnlich, rief Nadja an, die nicht da war, rief meine geschiedenen Frauen an und erreichte zwei von ihnen. Ich sagte: Schade, daß es so gekommen ist! Schimpfte auf ISDN-Anschlüsse und lobte das alte, schwere, schwarze Telephon, dessen Verschwiegenheit mir jetzt nichts mehr nützte. Beide Frauen verabschiedeten sich mit einem Satz, den ich oft hatte von ihnen hören müssen, und als ich diesen Satz jetzt wieder vernahm, dachte ich, daß es vielleicht doch gut und nicht schade war, wie alles so gekommen ist. Du wirst es nie begreifen, sagten sie.

6

Ich habe weitere Verträge unterschrieben. Alles Jahr-2000-Bücher. Das ist nicht verboten. Aber erklärungsbedürftig. Ich mußte eine Liste anfertigen, um nicht durcheinanderzukommen. Dabei dachte ich an Rachel. Rachel ist Nadjas jüdische Freundin. Ich traf sie einmal in Paris, in Nadjas Matratzengruft. Wir sprachen deutsch. Ich verwechselte die Namen von Nadjas vier Männern und vier Söhnen, die ich alle nicht persönlich kannte und sagte, ich bräuchte eine Liste, um mir diese Leute zu merken. Da sagte Rachel: Ihr Deutschen mit euren Listen! Jetzt schrieb ich an Nadja: Grüß Deine Freundin Rachel und sage ihr, Dein unbelehrbarer deutscher Freund hat schon wieder eine Liste angelegt.

Es war nicht Geldgier, obwohl ich eine Menge verdient habe und noch verdienen werde. Ich bin auch nicht pervers geworden und möchte nun partout nur noch Bücher über Gegenstände machen, die mich anöden.

Es hat mit meiner Arbeitsmethode zu tun. Jeder hat seine Methoden, sich in Schwung zu bringen. Die einen gehen spazieren, die anderen schließen sich ein. Wieder andere können erst nach einem dreitägigen Weinkrampf über weißen Blättern die ersten Sätze zu Papier bringen. Andere müssen trinken, trinken, trinken, sonst fällt ihnen nichts ein. Ich habe von einer Autorin gehört, die sich zurückgezogen hatte, um einen Roman fertig zu schreiben: Jahrelang dauerte das. Schick mir Geld, schrieb sie ihrem Mann immer wieder, ich muß trinken und rauchen, sonst wird das nie etwas. Ich hingegen mußte meine Frauen bitten, keinen Weißwein in den Kühlschrank zu stellen, wenn ich an einem Buch saß, damit ich nicht in Versuchung käme und schreibunfähig würde.

Die einen rasieren sich nicht in diesem Stadium, die anderen mehrmals täglich. Einen soll es gegeben haben, der sich nicht wusch während des Romanschreibens. Keine Zeit, sagte er. Zum Glück brauchte er nicht länger als drei Monate, in denen er das Haus nicht verließ. Nach der ersten bis zur dritten Woche war der Geruch am schärfsten. Dann wurde es besser. Woher ich die Details weiß? Ich war es selbst. Möglicherweise auch einer der Scheidungsgründe. Inspiration durch Transpiration. Diese Phase habe ich mittlerweile überwunden.

Ich weiche aus: Das alles sind eher oberflächliche Ticks. Sie haben nichts damit zu tun, daß ich insgesamt elf Buchprojekte zum Jahr 2000 zugesagt habe. Elf Bücher auf einen Schlag! Ich muß sagen, es ärgert mich, daß es nicht zwölf sind. Ein rundes Dutzend. Elf war die Lieblingszahl meiner zweiten Ehefrau. Schön zackig, sagte sie, und als ich sie noch liebte, gefiel mir die seltsame Begründung. Später wurde sie unausstehlich, und seitdem mag ich die Elf nicht mehr. Es ist die Zahl der zackigen Zicke. Ich werde noch ein Projekt verabreden. Jetzt ist es auch schon egal. Lieber zwölf als elf Bücher auf einmal schreiben.

Es gibt leider nur eine einzige zuverlässig wirksame Methode, mich zum Schreiben zu bringen, und das ist das totale Überhäufen mit Aufträgen. Wenn ich mich nicht bis über den Hals mit Zusagen belade, kann ich gar nicht arbeiten. Kaum drängt mich keiner, glaube ich Zeit zu haben, trinke Wein und gehe ins Kino. Ich kann meine Zeit nicht einteilen. Ich kann nur arbeiten, wenn es keine Zeit mehr zum Einteilen gibt, wenn ich keine Wahl mehr habe, ins Kino zu gehen oder nicht, wenn ich nur noch eine Möglichkeit sehe, nämlich asketisch auf den verdammten Tasten der Schreibmaschine herumzutupfen wie ein Idiot, auf denen ich früher, als es noch eine wirkliche Schreibmaschine war, wenigstens herumgebollert habe.

Der Druck ist mir zuwider, aber ohne Druck kommt es zu einem Spannungsabfall – und das ist die totale Katastrophe: Dann verläßt mich mein Unmut, der einzige Quell meiner wenigen vernünftigen Gedanken, und mit ihm gehen der Mißmut, der mich treibt, und der Hochmut, der mich beflügelt. Der dreiste Übermut, der wütende Wankelmut, die brütende, seltsamerweise weibliche Schwermut – alles verschwindet, und ich werde kleinmütig, sanftmütig, langmütig, gleichmütig, ein bißchen wehmütig, und es fehlte noch, daß ich demütig werde. Das ließ sich bisher verhindern. Ein furchtbarer Zustand, den meine geschiedenen Frauen mochten, denn ich war ein freundliches, mild lächelndes, salatwaschendes, kesknabberndes Nichts, eine dahintreibende Null ohne Ziel und Bedeutung, fügsam und ungefährlich. Ohne Widerrede lasse ich mich in dieser Verfassung zu langweiligen Verwandten und in unverständliche Kunstausstellungen abführen.

Nur die Belastung des Hochdrucks schützt mich vor dem Dahinwelken und hat mich meine vielen Bücher schreiben lassen. Bedauerlich. Ich hätte es gern anders, etwas gepflegter. Ich beneide alle Kollegen, die trinken und fressen und reisen müssen, um zu schreiben. Man kann sich seine Methoden nicht aussuchen. Zu einem Psychiater jedenfalls werde ich mich nicht begeben.

Um zum Neinsagen zurückzukommen: Ich kann oft nicht nein sagen, wenn ich um Texte gebeten werde, nicht weil die Anfragen schmeicheln und einen Marktwert vorgaukeln, sondern weil ich den Druck vergrößern muß, um etwas zu erzeugen. Es ist reine Physik. Die Vorstellung, in wenigen Monaten elf oder zwölf Bücher schreiben zu müssen, erhöht den Druck so sehr, daß diese Bücher gleichsam von selbst entstehen – hoffe ich jedenfalls. Mit drei Büchern auf einmal habe ich Erfahrung, warum soll es mit zwölfen anders sein. Kurz bevor man vor Verzweiflung platzt, öffnen sich automatisch die richtigen Ventile, und im Handumdrehen sind alle Texte fertig.

Dies ist der Grund, warum ich all die absurden Buchprojekte angenommen habe. Nicht das Geld. Ich nenne die Summe nicht, die mir nach Abgabe der Manuskripte zugeflossen sein wird. Sie ist so peinlich hoch, für meine Verhältnisse, daß ich sie nicht zusammengerechnet habe. Nur mit einem 20-Seiten-Text liege ich unter 50 Tausend Mark, mit allen anderen weit darüber. Die Verlage sind wie verrückt nach dem Thema. Alle finden den Jahrtausendwechsel und das Jahr 2000 eigentlich belanglos, alle glauben, sie gehen unter, wenn sie nicht ein Buch dazu machen. Kein Autor schreibt so schnell wie ich, das weiß man in der Branche. Nur ich kann ihnen helfen. Es gibt kaum Konkurrenz. Da kann man zulangen.

Ich halte es aus, wenn naseweise Kritiker meinen Texten Flüchtigkeit ankreiden. Wenn er sich mehr Zeit zum Überarbeiten genommen hätte, wäre vielleicht etwas daraus geworden! Klar, den Vorwurf kriegt man von den Lahmärschen zu hören. Bei einer Talkshow sagte mir das einer ins Gesicht. Ich war kurz davor, ihm ins Gesicht zurückzusagen, daß Dostojewski auch schnell und schlampig gearbeitet habe, verbot mir dann doch diese Unklugheit und sagte nur: Le Fück! – auch weil ich hoffte, daß Nadja zuschauen würde. Ich freute mich, daß keiner meinen Ausruf verstand, und als der eben noch unverschämte Moderator jetzt liebenswürdig: Wie bitte? fragte, wiederholte ich den Ruf der Eidechse: Le Fück! Der Moderator sah mich sekundenlang an, als wäre ich nicht bei Trost, dann sagte er tatsächlich: Ach ja!

Ich hatte neulich für eine Frauenzeitschrift eine Glosse über den romantischen Mann zu schreiben und für eine Edelfreßzeitschrift auf drei Seiten die bewegende Frage abzuhandeln »Wie verführe ich eine Frau beim Essen« – als die Welle der Verlegeranfragen über mich hereinbrach. Der romantische Mann und die Verführung beim Essen langweilten mich gerade beide erheblich, und ich schlug aus Gereiztheit die Themen »Romantik 2000« und »Feinschmecker 2000« vor. In ihrer Einfallsarmut unüberbietbar, wurden diese Arbeitstitel sofort ebenso akzeptiert wie meine Vorschußvorstellungen. Ich freute mich darüber, daß ich mit meinen beiden albernen Zeitschriftentexten eine ideale Vorarbeit zu den beiden Büchern in der Hand haben würde. Nichts ist leichter als aus drei Seiten sechzig zu machen, vorausgesetzt, sie enthalten einen richtigen Gedanken.

Natürlich sind Verleger eifersüchtig. Sie wollen Exklusivität. Deswegen sagte ich keinem, daß ich ähnliche Projekte bei anderen Verlagen abgeschlossen hatte oder möglicherweise abschließen werde. Ich murmelte nur etwas von einem »enormen Zeitdruck« und trieb mit diesem vollkommen ehrlichen Seufzer das Honorar in die Höhe.

Jeder Verlag will sich in dem Glauben wiegen, man sei nur für ihn da, man schreibe allein für dieses eine Haus. Auch hier herrschen noch so seltsame monogame Vorstellungen, daß eigentlich ein Buch mit dem Titel »Die Spielarten der Monogamie zu Beginn des 3. Jahrtausends« angesagt wäre.

Richtig schwierig aber würde es tatsächlich werden, wenn die Verlage im April ihre Vorschauen auf das Herbst- und Winterprogramm druckten. Wenn elf oder zwölf Verlage lauter ähnliche 2000er-Titel von mir ankündigten, würde es einen Wirbel geben. Die Feuilletons würden sich totlachen. Ich würde großen Ärger mit den Verlagen kriegen. Keiner würde meiner Zusage trauen. Man würde mich für einen Betrüger halten. Das Feuilleton würde es mir nicht übelnehmen, aber in der Branche wäre ich unten durch. Man würde es immer schon gewußt haben, daß ich ein Windhund bin.

Diese Katastrophe mußte verhindert werden. Wenn erst alle elf oder zwölf Bücher pünktlich erschienen waren, würde mir keiner mein Pensum verübeln. Im Gegenteil.

Es gelang mir, alle Verlage davon zu überzeugen, daß es klug wäre, mit meinem Titel nicht in die Vorschau zu gehen, sondern ihn gleichsam als Überraschung kurz vor dem Jahreswechsel, pardon, Jahrtausendwechsel aus dem Ärmel zu schütteln. Wenn man jetzt im Mai schon ein Buch zum Jahrtausendwechsel ankündige, dann sei doch bei diesem kurzlebigen Thema bis dahin die Luft raus, sagte ich möglichst nachdenklich und erfahren. Zum Glück kam ich mit diesem abenteuerlichen Argument bei allen Verlegern durch. Die Buch-Projekte bekamen dadurch sogar eine geheimnisvolle Note, die Verträge etwas Subversives.

7

Ende März würde ich Nadja in Madrid treffen und eine Woche mit ihr verbringen, danach würde ich loslegen. April bis September – das waren noch immer sechs Monate, und in sechs Monaten würde ich doch wohl elf oder zwölf lächerliche Bücher schreiben können. Die guten Sachen waren immer in Windeseile entstanden. Würfe. Nicht zackig, aber ruckzuck. Rückzück le Fück! Nieder mit der Langsamkeit, dem bedächtigen Erwägen von Streichungen und Adjektivänderungen.

Klar, manchmal blieb mir die Luft weg. Ich wurde starr und dachte, wie soll das zu schaffen sein? Von April bis Ende Oktober. Was, wenn ich mich übernommen hatte? Ich machte die Seitenrechnung auf. Selbst wenn jedes Buch im Schnitt nur 60 Seiten haben würde, was ohnehin lächerlich wenig wäre, würden es elf mal 60 ist 660 Seiten werden. Sieben Monate, das waren sieben mal 30 ist 210 Tage, das hieß also, nicht mehr als gute drei Seiten am Tag waren zu schreiben. Das war nichts! Fünf Seiten am Tag schaffte ich locker, wenn ich in Form war. Ich konnte noch einen zwölften Buchvertrag abschließen. Schon war die Zuversicht wieder da. Die gute alte Zuversicht am Ende des zweiten Jahrtausends. Würde es im nächsten Jahrtausend noch etwas so Altmodisches wie Zuversicht geben? »Das Ende der Zuversicht am Anfang des 3. Jahrtausends«. Ich war schon ganz verseucht mit absurden Jahrtausend-Titeln und -Themen. Ich würde es schaffen, wie ich bisher alles geschafft hatte. Solange Nadja mir nicht wieder beim Toben auf meinem Brustkorb eine Rippe brach, würde ich es schaffen. Am Ende des Jahres würden sich über eine Million Mark auf meinen Konten angesammelt haben.

Es sind kurze Bücher, sagte ich mir, sie sind so kurz, daß ich auch erst im Mai damit anfangen kann. Wenn ich im Mai anfange, wird der Druck größer, und ich schreibe sie leichter. Oder ich lade mir noch ein paar weitere Projekte auf. Sie stehen alle unter demselben Aspekt, diesem idiotischen Aspekt

2000, eigentlich ist es nur ein Buch mit elf oder zwölf Kapiteln, wahrscheinlich brauche ich nur drei Monate für alles. Das Zeug würde sich quasi von selbst schreiben.

Eines der Bücher würde ich aus der Zeitung abschreiben können. »Wir feiern 2000«. Ein Ratgeber. Natürlich ironisch. Meine Phantasie ist nicht träge, aber ich vermute, die Wirklichkeit wird sie übertreffen. Auf die Ideen der Event-Agenten kann ein Autor niemals kommen. Diese Ideen konnte man ständig den vermischten Meldungen entnehmen.

Ein Verleger hatte unbedingt ein Buch haben wollen, wo ich den Silvesterfeierwahn speziell der Deutschen »aufspießen« sollte, wie er sich pseudoboshaft ausdrückte. Das hatte ich abgelehnt, weil nach meinen flüchtigen Beobachtungen die Deutschen nicht mehr Gedöns um 2000 machten als die Amerikaner, die Japaner, die Franzosen und die Italiener. Rom beispielsweise putzte sich für das Jahr 2000 noch viel hysterischer heraus als Berlin, hatte ich gehört.

»Wir feiern 2000«. Aber wie? So wie es Läden mit Geschenkideen für ratlose Geburtstagsgäste gibt oder Nummern, wo Einfallslose für ein paar Mark originelle Texte für ihren Anrufbeantworter abrufen können, so sollten bereits Beratungsstellen florieren, die einem für eine geringe Summe Tips gaben, wie man das große Silvester verbringen könnte. Ich konnte mir lebhaft vorstellen, wie es da zugeht. Vermutlich wird einem als erstes vorgeschlagen, das kommende Silvester einfach abzulehnen, weil es ja das Silvester 1999 ist und das Silvester 2000 erst das eigentlich runde. Beliebt dürften Reisen sein. Wenn man eine Reise bucht, bekommt man die Tips umsonst. Es werden wahrscheinlich Reisen nach Lappland angeboten, wo es im Winter lange oder praktisch pausenlos dunkel ist. Dort hat man eine sehr lange Silvesternacht. Feiern ohne Ende. Man kann aber auch ans andere Ende der Welt nach Feuerland fahren, wo die Nächte zu diesem Zeitpunkt besonders kurz sind und am Neujahrsmorgen 2000 schon ganz früh die Sonne aufgeht. Für jeden Geschmack ist gesorgt. Die Freiheit ist grenzenlos.

Wenn meine Vorstellungskraft nicht ausreichen sollte, mir das Gequatsche in so einem Beratungsladen vorzustellen, würde ich einen aufsuchen und mir das selbst anhören. Nach einer Stunde würde ich genug Blödsinn gehört haben, um zwei Bücher darüber zu schreiben.

Plötzlich hatte ich das eigenartige, beruhigende, ja anheimelnde Gefühl, daß all diese absurden Angebote nicht angenommen werden würden, daß des Menschen Hirn auch am Ende des zweiten Jahrtausends doch noch nicht völlig verrottet ist und die wuseligen Silvesterveranstalter auf ihren Ausgeburten sitzenbleiben, Konkurs machen und das erste Jahr des dritten Jahrtausends im Gefängnis schmoren müssen.

In jedem Fall würde ich in diesem Buch vorschlagen, in der Silvesternacht mit einer Nachtlinie von einer Endstation zur anderen hin und her quer durch die Stadt zu fahren, zusammen mit den Obdachlosen, die im Winter jede Nacht so verbringen. Straßenbahn oder Bus ist der U-Bahn in jedem Fall vorzuziehen. Man ist dann Teil eines wandelnden Leuchtkörpers, und man kann das trostlos ausgelassene Treiben der Feierfanatiker auf der Straße gut beobachten.

Menschen mit karitativen Neigungen sollten Kurse machen, um die bedauernswerten Leute ablösen zu können, die an Silvester Dienst tun müssen, also Taxifahrer und Hotelpersonal, Nachrichtensprecher und Feuerwehrleute. Das ist das große Rätselraten: Wie viele der traditionellen Silvesternacht-Einsätze werden Feuerwehr und Notarzt in welchen Orten diesmal fahren müssen? Wie viele Tote und Verletzte. Mein Vorschlag: Ein Wettbüro 2000 gründen. Bis 31.12.1999 können Wetten angenommen werden. 24 Stunden später liegen auch die Zahlen aus der Provinz auf dem Tisch.

Und natürlich: Wie viele Kinder kommen in der Neujahrsnacht zur Welt. Wie viele Liter wehenhemmender Flüssigkeit werden weltweit in die Venen der Frauen gepumpt werden, damit ihr Kindlein nicht etwa in den letzten Stunden des alten, sondern in den ersten des neuen Jahrtausends auf die Welt kommt.

Angeblich haben Tausende von Paaren in aller Welt versucht Ende März oder Anfang April ein Kind zu zeugen, das dann am ersten Tag des neuen Jahrtausends als Millennium-Baby das Licht der Welt erblicken soll. Rührige Hotels in aller Welt stellten zeugungswilligen Eltern gratis Hotelzimmer zur Verfügung. Und nicht etwa die doofen Deutschen sind die Anführer dieses Idiotismus, sondern die Finnen. Hätte man auch nicht gedacht, daß die da oben so abgleiten. Ob die Videokameras in den Zeugungszimmern installiert haben? Damit man nachher sehen kann, wie so ein Jahrtausendbabyzeugungsfick ausgesehen hat? Man wünscht sich Herodes herbei, der vor 2000 Jahren den bethlehemischen Kindermord anordnete. Herodes 2000. An den denkt wieder keiner. Muß ja nicht gleich Kindermord sein. Aber eine Abtreibung dieser termingefickten Kinder wäre schon wünschenswert. Wenn man das später erfährt, daß die Eltern solche Hechler waren, das ist ein Schock. Das ist Kindesmißbrauch schon vor der Geburt.

Mich würde vor allem interessieren, wer sich in der Silvesternacht das Leben nimmt. »Selbstmord 2000«. Das Buch sollte auch noch gemacht werden. Sich am letzten Tag des alten Jahrtausends für immer zu empfehlen, das hat Stil. Gibt es schon Clubs? Wird es Gemeinschaftsselbstmorde geben, die einem den Entschluß leichter machen?

Größere Städte haben einen »Jahrtausendbeauftragten«. Der ist vor allem für die Computerfragen zuständig. Es heißt zwar, der große Datengau komme nicht, das Rentenalter werde nicht durch eine unbegreifliche Zahlenumkehr von 65 auf 56, von 64 auf 46, von 62 auf 26 und von 60 auf 6 Jahre herunterspringen. Es könne nichts passieren, sagen die Jahrtausendbeauftragten, aber das klingt seltsam beschwichtigend. Das Fliegen in der Silvesternacht sei ungefährlich, sagen sie, was vor allem gern die Leute hören, die in der Silvesternacht schnell um die Welt jetten wollen, um den erhebenden Neujahrsbeginn doppelt und dreifach zu erleben. Man habe alles x-mal simuliert und fest im Griff, sagen die Computerleute, fügen aber seltsam grinsend hinzu, daß sie persönlich sich nicht in ein Flugzeug setzen würden. Nicht einmal einen Lift würden sie am 31.12.99 gegen Mitternacht betreten. Denn was ein moderner Hochhauslift ist, so ist der voll computergesteuert. Der merkt sich mehr als ein ISDN-Telephon mit Wahlwiederholungstaste. Wer weiß, was der sich alles merkt. Gedächtnis kann gefährlich werden.

Diese Liftgeschichte hat mir ein Programmierer erzählt. Übrigens der neue Gefährte meiner zweiten Frau. Sie heiratet ihn nicht, damit ich weiter zahlen muß. Ihm ist das wenigstens peinlich. Die Vorstellung von einem um 0 Uhr 2000 steckenbleibenden Lift hat mich zu dem Buch »Die Eingeschlossenen 2000« inspiriert, das ich einem angesehenen Verlag angedreht habe, der unbedingt etwas zu besagtem Thema haben wollte. Auf dieses Buch freue ich mich besonders. Ich werde mir eine Handvoll Leute verschiedener Herkunft ausdenken, sie sind nach Hongkong gefahren, um dort das große Silvester zu feiern. Von der Dachterrasse aus wollen sie das Feuerwerk betrachten, das ihnen das Reisebüro als das schönste Feuerwerk der Welt angepriesen hat. Denn da Hongkong wieder fest in chinesischer Hand ist und die Chinesen doch alte Feuerwerksspezialisten sind, ist einiges zu erwarten. Da werden die Länder der Nato nicht mithalten können. Gegen dreiviertel zwölf machen sich im Ballsaal des Hotels die Leute auf den Weg zur Dachterrasse. Und dann passiert es. Der Lift bleibt stecken. Wenn das kein Stoff ist. Ja, hatte der Verleger ergriffen gesagt, das ist Sartre und Titanic in einem. Genau! Ich unterstützte seine Hingerissenheit. Ein Doppelmythos sozusagen. Menschen aus allen Ländern. Lauter Eventfetischisten, sonst wären sie nicht hier. Herrliche Szenen. Rasende Frauen. Ratlose Männer. Sie kreischt, und er sagt zynisch: Und ich hatte so gehofft, daß das Jahrtausend der hysterischen Weiber in dieser Nacht endgültig vorbei sein würde.

Ich würde für dieses Buch nicht recherchieren, sondern nur phantasieren müssen und veranschlagte zehn Tage. Ein richtig feiner Verlag übrigens, beste Adresse, nie war ich ihnen als Autor gut genug. Jetzt würden sie edle Literatur aktuell von mir bekommen. Sie ließen es sich etwas kosten. »Die Eingeschlossenen von Hongkong« hätte ich als Titel besser gefunden, aber man wollte unbedingt das Zauberwort 2000 auf dem Umschlag haben.

Ich muß hier nicht alle Bücher aufzählen, die ich verabredet hatte, sie ergänzen sich teilweise ideal. Ich würde nur aufpassen müssen, um Doppelungen zu vermeiden. Ich möchte meinen Ruf nicht versauen. Wer anfängt, sich zu wiederholen, ist am Ende.

Mitte März, als ich gedanklich schon bei Nadja in Madrid war, rief mich der Lektor eines Wissenschaftsverlags mit über 250jähriger Geschichte an. Passend zum Verlagsprogramm die tonlose Stimme. Auch die wollten was. Unbedingt. Ich weiß, es ist eine Zumutung, sagte der Lektor, es ist unerträglich spät, aber vielleicht könne ich doch noch etwas für sie tun. Alle Verlage machten irgendwelche Titel zu diesem faden Ereignis, keiner sage genau, was er vorhabe, es herrsche eine kindische Geheimhalterei in der ganzen Verlagsbranche. Es werde von hohen Summen geraunt, sagte er, und das tat mir weh, denn es stimmte nicht. Es ist ein Trick von Verlagen, hohe Summen zu nennen, um Bedeutung vorzutäuschen. Wirkliche hohe Summen würden nicht fließen. Wirkliche hohe Summen sind immer noch mehrere Hunderttausende pro Buch, und davon war ich leider immer noch weit entfernt.

Was können wir tun? Der Lektor fragte wie ein Kind. Ich hatte vor seinem Anruf gerade an meine um 0 Uhr 2000 in Hongkong im Lift eingesperrte Schickimickibande gedacht – und daran, daß unbedingt ein adeliges Ehepaar darunter sein müßte. Der Adel war ein ausbaufähiges Thema. Und ich wollte unbedingt einen zwölften Vertrag.

»Adel 2000« kann ich Ihnen machen, sagte ich, oder wenn Ihnen der Titel zu salopp ist: »Adelsleben am Ende des 20.

Jahrhunderts«, das ist für einen Wissenschaftsverlag vielleicht passender. Erinnert an den alten Eichendorff, der eine Schrift mit dem Titel »Deutsches Adelsleben am Ende des 18. Jahrhunderts« verfaßt hat, die übrigens weniger reaktionär ist, als man annehmen möchte.

Wir wollen ganz gerne mal ein bißchen salopp sein, sagte der Lektor, wir nehmen doch lieber »Adel 2000«.

8

Die ersten zwei Tage in Madrid waren makellos. Meine Rippen hielten Nadjas ungestümen Gunstbeweisen diesmal stand. Wir waren ausgehungert und nimmersatt. Keinmal gingen wir essen. Immer gab es Wichtigeres zu tun. Wir kauften nicht einmal etwas ein, sondern gossen Olivenöl über altes Brot. Die Wohnung gehörte irgendwelchen entfernten Freunden von irgendwelchen entfernten Freunden von einem von Nadjas Männern. Ein Vorteil vieler Partner. In fast jeder Großstadt der Welt findet man mit der Eidechse Unterschlupf. Die Leute waren verreist. In der Küche fanden wir eine Büchse mit zerhackten Tomaten, Haltbarkeit seit einem Jahr überschritten. Das Zeug roch und schmeckte gut. Wir löffelten den roten Tomatenbrei und bekleckerten unsere Münder. Das Asoziale verband uns. Ich sagte, daß eine meiner Frauen ihre Scheidungswünsche unter andern mit der giftigen Bemerkung begründet hatte, sie habe keine Lust mehr, mit einem Mann zusammenzuleben, der sich am liebsten achtlos aus Dosen ernährt. Nadja sagte, sie habe den Glauben an ihren Mann in dem Augenblick verloren, als er sie gebeten habe, keinen Büchsenfraß mit überschrittenem Haltbarkeitsdatum mehr zu essen. Das war ihr zu fürsorglich und apostelhaft. Seitdem schlafe sie nicht mehr mit ihm. Ich sagte: Eidechsen essen eigentlich weder altes Olivenölbrot noch Pizzatomaten mit abgelaufenem Haltbarkeitsdatum, sondern Fliegen. Da fing Nadja eine Fliege, steckte sie sich lebendig in den Mund und sagte: Küß mich! Es summte in ihrem Mund. Ich bestand die Prüfung.

Am dritten Tag erzählten wir uns, was wir in letzter Zeit erlebt hatten. Sie war in Kenia gewesen, erzählte von der Gewalt in Afrika. Ihre drei Söhne in Paris hatten Ärger in der Schule gehabt. Wegen ihrer Hautfarbe, die doch schön sein mußte, wenn ich von Nadjas Braun ausging. Ich konnte es mir nicht vorstellen und sagte: Das gibt's doch nicht! Da wurde sie wütend und fauchte: Das gibt es sehr wohl! Sie nannte mich blind und führte mir vor, wie sie den Direktor zur Rede gestellt hatte. Ich wollte Nadja nicht zur Feindin haben.

Ich hatte nicht viel erlebt. Nur diese absurde Anhäufung von Buch-Aufträgen. Wir machten Witze und erfanden Themen für weitere Schriften, als hätte ich nicht schon genug am Hals: Pizza 2000, Madrid 2000, Rassismus 2000, Pädagogik 2000, Hautcreme 2000, Lyrik 2000, Zahnpflege 2000.

Langsam wurde ich unruhig. Der 1. April nahte. Gut, an diesem Scherzdatum brauchte ich nicht mit dem Schreiben anzufangen, aber am 2. würde ich wirklich loslegen müssen. Le Fück, du denkst an deine Arbeit, sagte Nadja, und ich versuchte, das abzustreiten. Es war ihr aufgefallen, daß ich keinen Wein mehr trank. Ich werde Dich nicht daran hindern, etwas zu tun, sagte sie, legte sich auf Bett und lackierte die Fingernägel ihrer braunen Hände schwarz. Ich legte mich zu ihr und sah ihr dabei zu. Dann warteten wir, bis ihre Krallen trocken waren.

Verdienst du wenigstens anständig dabei, fragte sie nachts. Ich hatte die Frage befürchtet. Nadja besitzt nichts. Ihre vier Männer haben Geld. Ich aber war etwas anderes. Ich war ihr Freund, ihr Ficker, ihr Eidechsenliebhaber, ihr Tomatenbüchsenesser, ihr Verfallsdatumsignorierer. Ich wollte nicht ihr fünfter gut verdienender Trottel sein. Sie wollte die Summe wissen. Es war mittlerweile über eine Million. Ich sagte es leise.

Bist Du wahnsinnig! Sie sprang auf meinen Brustkorb, und ich bangte wieder um meine Rippen. Für zwölf Bücher eine Million!? Das ist nichts, nichts, nichts! Wütend sprang sie von mir herab und tigerte im Zimmer auf und ab. Ich hätte mich über den Tisch ziehen lassen von den elenden Kapitalisten. Sie hätte mir mehr Geschick zugetraut. Ob ich verrückt geworden sei. Jeder Wichser im Management einer Telephongesellschaft verdiene das Dreifache im Jahr fürs Rumsitzen und Furzen. Ich aber müßte schuften wie ein Sklave für diese lächerliche Summe. Und sie habe mich gerade fragen wollen, ob ich im August mit ihr nach Kenia fahren wolle. Sie hatte mir ihre 17 Geschwister zeigen wollen. Diesen Plan könne sie ja jetzt wohl vergessen. Jaja, sagte sie abschließend und sah mich an. Sie lachte, weil sie wußte, daß ich wußte, was jetzt kommen würde: ihr letztes Hammerargument. Genüßlich sagte sie es: Du bist und bleibst ein pflichtbewußtes deutsches Arbeitstier!

Dann schlüpfte sie in ihre Eidechsenhaut und betrachtete sich zufrieden im Spiegel. Sie tat, als ob sie ausgehen würde, und wollte mir fremd sein. Ich kam mir vor wie einer dieser Heiligen auf den Bildern der Frührenaissance, der von einem lasziven Fabelwesen in Versuchung geführt werden soll. Heißt der Typ nicht Antonius? Den unvermeidlichen Stapel Bücher um sich, blickt er gierig aufs geile Geschlängel und widersteht natürlich. Es war klar, daß ich der Versuchung nachgeben würde. Wir leben nicht mehr im Mittelalter und verzichten so einfach. Es gibt einen Fortschritt.

Antonius 2000, sagte ich, wird Nadja nach Kenia folgen, aber wehe, wenn ich nicht all deine 17 Geschwister treffe!

Gut, sagte sie, du hast auch diese Prüfung bestanden.

9

Wir blieben noch 14 Tage zusammen. Jetzt gingen wir auch ab und zu essen. Wie ein Tier leben tut gut, aber nicht auf Dauer. Ich trank viel Wein und war ausgelassen. Ich lernte Nadjas Sohn kennen, der in Madrid zur Schule ging. Er war freundlich, hübsch, klug, ausgeglichen, souverän, charmant. Es schien ihm nicht geschadet zu haben, daß seine Mutter vier Männer hatte – und es störte ihn offenbar auch nicht, sie jetzt mit einem fünften zu sehen. Erziehung 2000, dachte ich. Vielleicht ist es für die Kinder gut, wenn ihnen die Eltern Unzugehörigkeit vorleben. Nadjas gutgelaunte Ungebundenheit zu erleben war für ihren Sohn sicher festigender gewesen als jedes noch so progressive Erziehungsmodell.

Mitte April fuhr ich zurück ins Land der Pflichten.

Die nächsten sechs Wochen tat ich nichts anderes als Verlage anzurufen und neue Buchprojekte abzumachen. Man kann natürlich nicht direkt vorgehen. Wer einem Verlag ein Buch anbieten will, wird sofort auf Ablehnung stoßen – und zwar auf entsetzte. Ein Buch von einem Autor angedreht zu bekommen, das ist das letzte für einen Verlag. Da kriegt er Krämpfe. Ein Verlag muß ja oft genug ein Buch nehmen, es bleibt ihm nichts übrig, wenn zum Beispiel die Produktion eines ungeliebten Bestsellers mit zu erwartenden dringend nötigen Gewinnen ansteht, oder wenn ein an sein Haus gebundener Autor sich nicht hat abhalten lassen, sich trotz eindringlicher Warnungen ein ausgelutschtes Thema vorzunehmen, und etwas Unverkäufliches zu Papier gebracht hat. Das ist bitter und geht nicht gut aus.

Verlage, wie übrigens auch Redaktionen, wollen von sich aus auf eine Idee kommen, sie wollen kein Auffangbecken für flottierenden Schrott sein, sondern locken, anregen, die Zeit ein bißchen mitgestalten und dabei ein Geschäftchen machen. Sie wollen frische, extra für sie gefertigte Texte. Nur wenn sie selbst auf die Idee kommen, ein bestimmtes Buch müsse unbedingt veröffentlicht werden, und zwar in ihrem Verlag und zwar so bald wie möglich und zwar von einem ganz bestimmten Autor geschrieben – nur dann sind Verlage bereit, mit Leidenschaft Bücher zu machen und über Vorschußzahlungen mit sich reden zu lassen.

Wenn man das weiß, ruft man unter einem Vorwand an, lobt ein Buch des Verlags, läßt es sich schicken, stellt in Aussicht, es zu besprechen, und klagt über die Regierung und das Fernsehen. Kennt man die Leute ein bißchen, erkundigt man sich nach dem Stand von Liebschaften oder wohin es in den Urlaub gehen soll. Man erzählt bescheiden ein bißchen von sich, was man so macht, was man so vorhat. Man nennt achtlos Projekte, spielt sie herunter, gibt zu erkennen, daß sich andere Verlage für diese Flausen interessieren, aber man sei noch unentschlossen. Wenn an dieser Stelle der Gesprächspartner nicht hellwach wird, braucht man gar nicht mehr weiterzureden, dann hat er kein Interesse an einem.

Merkt man aber, daß der Jäger in ihm erwacht, ist es jetzt an der Zeit, sich über das Jahrtausendwechselbrimborium zu mokieren, das einem gewaltig auf den Keks gehe. Man wird jetzt intim und plaudert aus der poetischen Küche: Zum Verrücktwerden sei das, diese Hysterie mit dem Jahr 2000 behindere in gewisser Weise das Romanprojekt. – Wie das? sollte ein aufmerksam zuhörender Verlagsmensch jetzt fragen. – Ja, sagt man, dieses Jahrtausendwechselgeschnatter sei zwar das Nonplusultra der Lächerlichkeit, aber: Auch das Lächerliche verlangt danach, festgehalten werden. Ein wirklich guter Satz, der einem da eingefallen ist.

Der Verlagsmensch schweigt beeindruckt.

Stellen Sie sich vor, fährt man fort, ich kann nicht anders, als meine Beobachtungen zu diesem Millenniumgetue festzuhalten, obwohl sie überhaupt nicht in meinen Roman hineinpassen, es sind Fremdkörper, ich habe keine Zeit für diese Notizen, aber der Unsinn findet nun mal statt, und ich bin sein Zeuge. Auch das wieder ein Satz wie ein Hammer. Und es wäre ja auch schade, fährt man fort, wenn man seine giftigen Gedanken nicht festhielte, die einem dieses lachhafte Ereignis entlocke. Was man nicht festhält, ist verloren.

Ein Verlagsmensch, der auch nur halbwegs bei Trost ist, muß sich jetzt räuspern und fragen: Ob ich diese Notizen, die Fremdkörper Ihres Romans, diese giftigen Gedanken wohl mal sehen könnte? Es ist ihm eingefallen, daß er keinen Millennium-Titel vorgesehen hat.

Jetzt wird er nervös. Er ist kurz davor, zuzubeißen.

Nein! Sagt man bedauernd, sehen können Sie nichts, nein, wirklich nicht, verstehen Sie bitte, zu unrein das alles noch, zu ungar, viel zu privat noch.

Pause.

Der Verlagsmensch fragt vorsichtig, ob man sich vorstellen könne, ein Buch aus diesen Beobachtungen zu machen?

Ja, wenn man Zeit hätte, sagt man sehnsüchtig und ganz von seiner Arbeit zerdrückt, wäre es überhaupt kein Problem. Geben Sie mir Zeit, dann gebe ich Ihnen das Buch.

Jetzt denkt der Verleger, er sitzt an den Hebeln, in Wahrheit sitzt er in der Falle. Er hat nun das Gefühl, das Buch sei seine Idee. Er will dieses Buch machen. Er will es dem Autor entreißen, will wenigstens die Hebamme sein. Der Autor ziert sich noch und muß geködert werden. Das geht nur mit Geld und günstigen Vertragsbedingungen.

Nach dieser Methode verfuhr ich nun, und zwar zunehmend erfolgreich und skrupellos. Die Vorschauen auf das Herbst/Winter-Programm waren alle schon gedruckt oder sogar verschickt, damit war sichergestellt, daß mein Titel außerhalb des Programms als geheimnisvolle Überraschung laufen würde, daß mein Tanz auf vielen Hochzeiten also nicht publik werden würde. Schlimmstenfalls würden sich zwei befreundete Verleger oder Lektoren aus verschiedenen Häuser gegenseitig verraten, daß sie einen Autor zu einem Jahrtausendwechsel-Spezial-Titel überreden konnten – dabei könnte sich herausstellen, daß in beiden Fällen ich dieser Autor war. Das würde zu Rückfragen führen, die ich zu beantworten wüßte. In der

Regel aber hüten die Verlage ihre Geheimnisse, und es war nicht zu erwarten, daß das Ausmaß meiner vertraglich abgemachten Zusagen ans Licht kommen und die ganze Sache jetzt schon platzen würde.

Irgendwann im Herbst müßte der kolossale Betrug auffliegen, doch bis dahin war noch Zeit, und ich fühlte mich sicher. Ich würde meine Vorbereitungen treffen. Aber wie mit dem Schreiben von Büchern mag ich zu früh auch nicht mit dem Planen der Zukunft anfangen, sondern erst dann, wenn sich ein Druck bemerkbar macht und die Ideen von selbst kommen.

Ich glaube übrigens, daß es vielen Kriminellen so geht wie mir. Die Mentalität der Betrüger ist mir nun vertraut. Sie müssen doch wissen, daß es nicht gutgeht, all die Finanzhaie, die mit Scheingeschäften operieren. Irgendwann muß ihnen doch klarwerden, daß sie auf Sand bauen, daß alles nur Schaum ist, daß sie ihre bombastischen Kredite niemals zurückzahlen oder, wenn es Banken sind, zurückbekommen können, daß irgendwann das berühmte Vertrauen der Geschäftspartner dahin ist und der Zusammenbruch beginnt. Ich weiß jetzt, daß dieses Wissen nicht wie ein greller Blitzstrahl kommt, sondern langsam wie der Sonnenaufgang, der alles ans Licht bringen wird. Eine Zeitlang glaubt man, es wäre wirklich noch zu schaffen. Bis zum Schluß glaubt der Ehebrecher, es werde schon gutgehen. Dieser muntere Glaube ist es, der Berge und Geld in Bewegung versetzt.

Als ich nach Madrid fuhr, glaubte ich, meine zwölf Bücher wirklich noch schreiben zu können. Das wird sich nun nicht mehr überprüfen lassen. Als mich Nadja auslachte und mir klarmachte, daß es lächerlich wäre, mich für eine Million Mark derart krumm zu legen, daß die Verlage selbst schuld seien, daß ich ihre Gier lieber ausnützen sollte, um weitere Verträge abzuschließen, daß ich sie für ihre Gier bestrafen und ihnen keine Zeile abliefern sollte, leuchtete mir dieser Plan ein. Doch dann, ohne Nadjas kenianische Zigeunerblikke wieder allein zu Hause und wieder ganz deutsch, als ich das dreizehnte, vierzehnte, fünfzehnte, sechzehnte, siebzehnte, achtzehnte, neunzehnte, zwanzigste Buchprojekt verabredete, glaubte ich manchmal immer noch, es wirklich schaffen zu können. Irgendwo in mir waren vielleicht Kraftreserven, die es mir möglich machen würden, 20 Seiten am Tag zu schreiben. Es gab Tage, an denen ich 20 Seiten geschafft hatte – und zwar noch ohne Computerschreibprogramm. 60 solcher Tage – und 1200 Seiten beziehungsweise 20 kleine Bücher wären fertig. Der Computer würde mir helfen.

Es war gegen meine Ehre, mich in meinen Texten zu wiederholen, aber es würde möglich sein, gewisse Passagen unauffällig mit wenigen Tastendrucken zu verändern und zu übernehmen. Ich hatte unter anderem die Titel »Regenwald 2000« und »Dritte Welt im Dritten Jahrtausend« zugesagt, und beim Schreiben dieser beiden Bücher wäre sicherlich ein arbeitszeitverkürzender Textaustausch möglich. Ich könnte mit zwei simplen Tastendrucken Sumatra durch Brasilien ersetzen, Orang-Utan durch Flughund, und Tee- durch Bananenplantage.

Ist der Selbstbetrug ein Vorläufer des bewußten, gesteuerten, kriminellen Betrugs? Man macht sich so seine Gedanken. Es scheint mir, daß der Betrug nicht nur eine kapitalistische, sondern eine existentielle Notwendigkeit ist. Unser Leben geht schließlich auch unausweichlich auf das Ende unserer Machenschaften zu – und wie alle noch unentdeckten Betrüger tun wir so, als wäre nichts, und wursteln weiter. Und die Gerechten und die Korrekten empören sich über den Vogel Strauß, der den Kopf in den Sand steckt. Dabei ist das Verhalten dieses Vogels ein Sinnbild des Menschseins. Man will das Ende nicht. Man will keinen Krach. Deswegen dementieren Unternehmer bis zum Schluß die Zahlungsunfähigkeit ihrer Firmen, deswegen verbirgt der Ehebrecher so lange es geht die Geliebte vor seiner Frau. Vielleicht geht es ja gut.

Ich weiß nicht, wie den Helden der großen Baupleiten zumute war, wenn sie den Banken Pläne von luxuriösen

Geschäftspalästen vorlegten, die aus trostlosen Innenstädten mondäne Zentren mit Anziehungskraft machen sollten. Was ging in diesen Köpfen vor, wenn die Finger Hunderte von Millionen abzählten, die die Banken an Krediten lockermachen mußten, um die Pracht zu realisieren: vier, fünf, sechs, sieben – für weniger kann ich Ihnen dieses Projekt in dieser Qualität nicht hinstellen, meine Herren! Glaubten die Betrüger selbst noch daran, oder war es schon reines Bluffen? Oder wollten sie wenigstens daran glauben? Tat es ihnen vielleicht leid, daß diese Protzbauten niemals entstehen würden, die doch immerhin die geistigen Kinder ihrer verkommenen Großmannssucht waren und die ein anders Bild von ihnen in der Öffentlichkeit hinterlassen würden als das eines Menschen mit Handschellen.

Mir jedenfalls tat es leid um manche meiner Projekte. Gut, auf den »Regenwald 2000«, auf die »Dritte Welt im Dritten Jahrtausend«, auch auf den »Adel 2000« und die »Romantik 2000« konnte ich verzichten, aber die »Eingeschlossenen von Hongkong«, die sich in der Silvesternacht in diesem steckengebliebenen Lift angiften, würden mich schon reizen, ganz zu schweigen von meiner geplanten Liebeserklärung an Nadja mit dem völlig asexuellen Titel »Liebe 2000«, den man ändern müßte. Nadja mag übrigens keine Liebeserklärungen. Das ist ihr zu bürgerlich. Sie haßt Sätze wie »Die Tage in Madrid mit Dir waren wunderschön!« Sie wird zur Furie, wenn man so etwas sagt. Weil sie als Furie imposant ist, sage ich es manchmal. Dann kann sie wild und für meine Rippen gefährlich werden. Sie kommt über mich, und ihre Knie drükken bedrohlich meine Brust. Eben noch anschmiegsame kenianische Eidechse, wird sie zur Peitsche, sie tobt und keucht: Wunderschöne Tage? Le Fück! Solche Sülze will ich nie wieder hören von dir!

Das ist sie doch, die Frau der Zukunft! Hinreißend! Im Gegensatz zu den abartigen Vorbereitungen auf die Jahrtausendwende verlangen Nadjas urige Unarten wirklich danach, festgehalten zu werden. Ich würde dieses Nadja-Buch irgendwann schreiben, später, nach dem Rummel. Nach der Pleite 2000.

»Die Eidechse«. Vielleicht sollte ich mein Buch über die Liebe so nennen. Nix Erich Fromm »Die Kunst des Liebens«. Nix Ingeborg Bachmann »Erklär mir Liebe«. Das war alles wattig, diffus, schüchtern, redlich, weinend, gläubig, aufrecht, fragend, bohrend – 20. Jahrhundert eben: Psycho und kein Durchblick. Typisch für die ersten zwei Jahrtausende. Alles christliche Finsternis. Die Sonne als Feind. Dabei brennt sie so schön. Die Eidechsen wissen es.

Dies Buch würde ich schreiben. Die Eidechse. Nicht nur auf das Liebesleben, auch auf das bestechende Erziehungsmodell der Eidechsen würde ich eingehen. Mal sehen, was Nadja sagen würde. Es eilte nicht. Das dritte Jahrtausend war lang genug.

10

Nachdem ich den zwanzigsten Buchvertrag in der Tasche hatte, wurde ich nicht mehr von der gelegentlichen Wahnvorstellung heimgesucht, ich könne das Pensum noch schaffen. Angenehm kühl kam der Realismus über mich, und ich hatte nur noch eins im Sinn: so viel weitere Verträge wie möglich mit optimalen Bedingungen abzuschließen – um sie später nicht einzuhalten. Mein Unmut, der sonst hübsch sublimiert in meine Bücher fließt, hatte nun, da ich diese Bücher nicht schrieb, kein Ventil und richtete sich ungebremst gegen den heranrückenden Jahrtausendwechsel, gegen alle Menschen, die dieses Ereignis in irgendeiner Weise zu feiern gedachten, auch gegen meine Partner, die Verlage, die sich vom Mitmachen große Geschäfte erwarteten. Mein Mitmachen war anders. Ich war der letzte ehrliche Widerstandskämpfer in einer Menge johlender Konformisten.

Wenn es sich um eine eher harmlose Angelegenheit handelt und nicht gerade um Kirchenschleim, Rechtsradikalismus und Nationalstolz, die ich mit meinen Texten ewig verfolgen werde, verflüchtigt sich normalerweise mein Zorn auf eine Sache, nachdem ich gegen sie etwas geschrieben habe. Sie ist dann erledigt. Natürlich war der Jahrtausendwechsel eine harmlose Angelegenheit. Er war mir eigentlich völlig einerlei. Nicht der Rede wert. Da ich nun aber schon seit Wochen in meinen Telephongesprächen mit all den Verlagen gegen ihn polemisierte, mich immer wieder neu gegen ihn in Stimmung brachte, immer weitere Aspekte fand gegen die anstehenden Albernheiten, gleichzeitig aber keine Gelegenheit hatte, meinen Dampf literarisch abzulassen, blieb mein künstlicher Zorn erhalten.

Meiner Energie und Überzeugungskraft kam diese Tatsache zugute. Ich konnte meine Vorbehalte gegen das unschuldige neue Jahrtausend und seine Silvester-Begrüßung mittlerweile derart wirkungsvoll schildern, daß die meisten Verlagsmenschen schon nach einem viertelstündigen Telephongespräch ein bitte bitterböses Gegenbuch von mir haben wollten.

Mag übrigens sein, fiel mir neulich ein, daß meine nicht ganz normale Ablehnung von Fest- und Jubeltagen daher rührt, daß meine zweite Frau am 1. Januar Geburtstag hatte, oder, da sie durchaus noch lebt, hat. Dreimal, drei Ehejahre lang, mußte ich das Doppelfest ertragen. Als ihr Mann kam ich nicht drum herum, dieses Fest zu organisieren. Solange wir uns liebten, war das nicht schwer. Maria ließ sich gern feiern. Jeder läßt sich gern feiern. Ich würde mich allerdings nie mit Walzer und Champagner feiern lassen. Musiker wurden herbeigeschafft. Daß sie Maria hieß, konnte ich als bekennender Heide auch schwer ertragen. Maria liebte Zauberer, Feuerspeier und was damals so Mode war, und ich litt unter deren schlechten Künsten. Um zwölf ließen die Gäste Maria und das neue Jahr hochleben. Donnernd. Dreimal hoch. Prost! Zum Wohl! Auf dein Spezielles! Obwohl Maria nichts Nordisches an sich hatte, mußte ich immer an diese skandinavischen Familienfeiern in diesen scheinbar intakten Milieus denken, wie man sie aus beklemmenden Filmen kennt. Zum Glück war Maria immer so aufgelöst vor Freude, daß sie nicht merkte, wie ich litt. Man muß sich verstellen können. Sonst geht gar nichts weiter.

Warum konnte ich nicht aufhören, den Verlagen Bären aufzubinden? Mitte Mai war ich bei 28 Verträgen. Das sollte doch genügen.

Es gab viele Gründe. Erstens, weil ich etwas tun mußte. Wenn ich schon nicht schreibe, muß ich wenigstens etwas konzipieren, sonst fühle ich mich nicht wohl. Sonst funktioniert, ehrlich gesagt, mein Körper nicht. Wenn ich mir ausmale, was ich schreibe, regt mich das an, und meine Verdauung kommt in Schwung. Den Verträgen ging jedesmal ein Gespräch voraus, in dem ich den Verlagsleuten ein Buch ausmalte. Das war förderlich. Das ist das eine.

Ich sagte mir, daß die Gier nach mehr Geld keine Rolle

spielen könnte. Nicht bei mir! Ich brauche Geld, aber ich sammle es nicht. Dann blickte ich tief in mein Inneres, wozu ich jetzt, da ich nicht pausenlos schreiben mußte, ausreichend Zeit hatte. Dabei mußte ich zu meinem Befremden feststellen, daß ich zu Geld ein anderes Verhältnis habe, als ich angenommen hatte, nämlich ein stinknormal nimmersatt-raffgieriges. Das Anhäufen von Geld, zu dem ich noch nie in meinem Leben Gelegenheit hatte, ergötzte mich. Man zählt mit, und schon ist man unzufrieden, wenn es 2,7 Millionen sind. 3 Millionen sehen einfach besser aus. Nicht so unfertig. Man braucht die 3 zu seinem Wohlbefinden. Und schon wird man tätig.

Natürlich wird ein Garantievorschuß aufgeteilt. Normalerweise bekommt man eine Hälfte bei Vertragsabschluß, die andere bei Manuskriptabgabe. Verhandlungsgegenstand aber ist die Gesamtsumme. Um sie feilscht man. Man ist schließlich bei 100 Tausend angelangt, man gewöhnt sich sozusagen an diese schöne, runde, leicht zu merkende Summe. 100 Tausend. Und dann sollen plötzlich nur poplige 50 Tausend überwiesen werden? Die anderen 50 würde ich nie bekommen, weil ich das Manuskript nie abgeben würde. Und genau das machte mich rasend. Von 100 Tausend war die Rede gewesen. Die standen mir zu, diese Zahl hatte sich in mein Hirn gegraben. Die 50 Tausend waren eine Schande. Das war gegen meine Ehre als Betrüger. Um nicht wieder derart enttäuscht zu werden, verhandelte ich härter. Wenn ich mir 100 Tausend in den Kopf gesetzt hatte, etwa, um endlich die 3-Millionengrenze zu überschreiten, verlangte ich 120 Tausend und bestand darauf, daß ich jetzt bei Vertragsabschluß 100 zu bekommen hätte, die restlichen 20 dann später.

Glücklicherweise gehören die meisten Verlage Konzernen an. Ich brauchte nicht die geringsten Gewissensbisse zu haben, wenn ich sie schröpfte. Kontakte mit kleinen, noch ungeschluckten Verlagen versuchte ich zu vermeiden, wenn das nicht möglich war, schonte ich sie, indem ich den Preis so hochtrieb, daß sie nicht mithalten konnten. Stöhnend gaben sie auf und waren betrübt, daß sie nun nicht mit mir das hochkomische Buch »Fitneß 2000« machen konnten, »das ultimative Brevier für den Körper des 3. Jahrtausends«, wie ich als launischen Untertitel vorgeschlagen hatte. Manchmal zweifelte ich am Sinn meiner Gutmütigkeit: Wenn ein Kleiner einem läppischen Trend so hechelnd hinterherrennt, dann sollte er eigentlich auch sein Lehrgeld bei mir zahlen müssen.

Angestachelt von der vulgären Kapitalismuskritik der furiosen Nadja zog ich mit Vergnügen die Verlagsleute über den Tisch. Sie hatten mir nichts getan, aber irgendwelche Autoren tricksten sie vermutlich aus, irgendwelche Schrottliteratur zogen sie aus Gründen der Verkäuflichkeit oder des Renommees den wirklich guten Texten vor, und dafür bekamen sie es jetzt von mir ab. Einmal im Mai kam mich Nadja kurz besuchen, sie war auf der Durchreise und wurde Zeuge von einem meiner Verlags-Telephongespräche, streichelte dabei meine Beine, immer höher und höher, und amüsierte sich über die Veränderung meiner Stimme. Trotz dieser Anfechtung konnte ich 130 herausholen, 110 zahlbar sofort. Nadja nickte: So sehe ich dich gern arbeiten, sagte sie, wenn du tippst, siehst du immer so verbiestert aus.

Wenn man 28 Verträge hat, will man auch 30 haben. Dann 33. So ist der Mensch. Auch ich habe runde Zahlen manchmal lieber. Das Geld legte ich an. Nicht in Aktien. Aktien mag ich nicht. Es ist mir widerlich, Anteile von Dingen zu besitzen, die ich nicht ausstehen kann. Protzautos zum Beispiel. Noch schlimmer sind Telekommunikationsgesellschaften. Ich hasse sie. Ich hasse das Wort »Telekommunikation« und auch das Wort »Börsengang«. Ich hasse diese grauhaarigen unbescholtenen Manager von 40 Jahren. Ich hasse ihre ISDN-Leitungen, ihren quäkerhaften Glauben an das Internet, ihre Fusionsbestrebungen, ihre Muttersöhnchenhaftigkeit. Weil alle Welt wild auf schnelle Leitungen ist, haben diese Menschen keine natürlichen Feinde und daher ein schutzloses, einfältiges Lächeln im Gesicht, das nicht zu ihrem Jahreseinkommen paßt.

Ich legte Konten in den üblichen Ländern an: Österreich, Luxemburg, Liechtenstein und in der klassischen Schweiz. Dorthin verschwanden meine Einnahmen rasch, und ich machte eine weitere interessante Entdeckung, was die Psychologie des Geldes beziehungsweise die Geheimnisse des Reichtums betrifft: Das versteckte und verteilte Geld strahlt nicht mehr die anheimelnde Wonne eines Schatzes aus. 3,5 Millionen – das ist doch eine Summe, die etwas Beruhigendes vermitteln müßte. Doch in dem einen Depot 250, in dem anderen 125 Tausend – das macht nichts her, das ist, als besäße man nichts. Zerfleddert die schöne runde Summe. Und so entsteht auch hier ein Druck, man ist gezwungen, schleunigst neues Geld zu verdienen, um die Summen wieder rund zu machen, um das Gefühl loszuwerden, nichts zu besitzen. Erst wenn auf jedem der zehn Konten 3,5 Millionen lagern, tritt Befriedigung ein. Ich habe früher nie verstanden, warum die Reichen immer reicher werden wollen: Weil sie möglicherweise ihr Geld so gut verstecken, daß sie das Gefühl haben, neues zu brauchen. Im übrigen hat frisch verdientes Geld eine andere Qualität, auch das mußte ich lernen. Grausame Welt. Nichts gegen die gute alte Liebe, aber leider ist es die frische, die unverhoffte, die einen in Fahrt bringt. Die am Donnerstag eingehandelten 150 Tausend, die am Dienstag schon auf dem Konto eintreffen, machen mehr Spaß als dieselbe Summe Zinsen, die bei langweiligen Auslandsanleihen fällig werden.

Vermutlich unterliegen auch Konzernherren diesen Gesetzen: Sie legen eben mal gewonnene 2 Milliarden sofort an – und prompt müssen sie noch mehr frische Gewinne machen, weil das alte Geld sozusagen weg ist.

Klar, daß ich auch die Titel »Reichtum 2000« und »Armut 2000« in meinem Programm hatte. Und wieder einmal bedauerte ich, diese Bücher nicht zu schreiben. Ich hätte einiges zu sagen gewußt.

11

Je nach Art der Verlage schlug ich verschiedene Arbeitstitel für meine Bücher vor. Die meisten wollten flott sein und die dumme Zahl 2000 im Titel haben. Ich hatte aber auch behäbige konservative »Schwellentitel«, wie ich sie für mich nannte, im Angebot.

Schwelle »des« oder Schwelle »zum«, das war die Frage. »Die bildende Kunst an der Schwelle zum 3. Jahrtausend« hatte ich verabredet, aber »Die Emanzipation des Kindes an der Schwelle des 3. Jahrtausends«. In solchen Fragen bin ich hilflos. Wir haben Lektoren, trösteten die Verleger. Ganz rasant war natürlich der Titel »Schwellenangst 2000«, eine Schrift, in der ich mit dem Endzeitgeraune aufzuräumen versprach. Großer Verlag mit etlichen esoterischen Titeln im Programm, die dem Verleger zuwider waren, die sich aber leider top verkauften. Topaktuell, sagte ich, nichts ist topaktueller als »Schwellenangst 2000«, daher 220 Tausend Mark, 200 zahlbar bei Vertragsabschluß.

Ich rief Nadja an und erzählte es ihr. Sie maulte: Das sei immer noch zu wenig. Sie hat falsche Vorstellungen vom deutschsprachigen Buchmarkt. Wir leben nicht in Amerika. Die Auflagenzahlen sind begrenzt. Es waren Saisonbücher, die ich machen sollte. Das Zeug wäre im Sommer 2000 Makulatur. Wir stritten ein bißchen herum. Manchmal ist sie zu unnachgiebig.

Erfreulich immerhin, daß einer meiner Verleger einen Titel nach Amerika verkauft hatte. Aus »2000 – ohne uns!« hatten die Amis »Ignore That Day« gemacht. Wenn ich all diese Bücher wirklich schreiben müßte, würde ich systematisch die ausländische Presse lesen. Eine amerikanische Zeitung, las ich zufällig, hatte ihren Mitarbeitern schon im Februar 1999 für den Rest des Jahres verboten, das Wort »Millennium« zu benutzen. Ich grüßte im Geiste den Chefredakteur. Nicht alle Amis sind blöd.

Es gab dann noch verschiedene Aufbruchtitel: »Das Bild

der Hausfrau zu Beginn des neuen Jahrtausends« zum Beispiel. Um irgendwie ein Preisgefüge zu haben, machte ich die Bücher billiger, wenn das Wort »Jahrhundert« im Titel vorkommen sollte. Das war bescheidener, nicht so millenniumsgeil nach dem Trend geschielt, das brauchte nicht so hoch bestraft zu werden. Den »Obstbau am Ende des 20. Jahrhunderts« schloß ich mit 30 Tausend ab, auch weil mir der Verlag irgendwie leid tat. Zweifel an meinem Geschick und meinem Verstand überkamen mich, als ich einem juristischen Fachverlag aus reinem Übermut das Buch »Die rechtlichen Aspekte des Jahres 2000« aufschwatzen wollte. Man war erstaunt. Wieso, hieß es, das haben Sie doch schon abgeliefert! Das ist das Ende, dachte ich einen Sekundenbruchteil, du hast vergessen, daß du ein Buch geschrieben hast. Des Rätsels Lösung aber war, daß ein Namensvetter von mir exakt den Titel, den ich als 60-Seiten-Satire gedacht, als ernsthaftes 600-Seiten-Werk tatsächlich verfaßt hatte. Offenbar rechnete man fest mit Computerkatastrophen und entsprechenden Schadensersatzforderungslawinen.

Wollen Sie es mit Rückblick oder Ausblick? fragte ich manchmal, zum Beispiel, als es um das Thema »Design« ging, und ich aufs äußerste gereizt war, weil ich zum Design schon immer ein angespanntes Verhältnis habe. Ich halte es nicht nur für überflüssig, sondern für die wahre Umweltkatastrophe. Diese Telephonformen! Ich verhandelte mit einer Frau, einer salbungsvollen Verlegerin, und wollte nicht zu grob werden. Design ist mein ein und alles, sagte sie und fragte, wie ich das mit dem Rückblick und dem Ausblick meine. Bei Rückblick muß ich recherchieren, sagte ich seufzend, das dauert etwas länger, bei Ausblick muß ich phantasieren, das ist riskanter. Prognosen sind interessant, können aber danebengehen. Das heißt, mit Ausblick auf das Design der Zukunft müssen sie 30 Tausend drauflegen. Ich kam mir vor wie ein Hotelier, der seine Zimmer erklärt. Aufpreis für die Zimmer mit Ausblick zum Meer. Die salbungsvolle Verlegerin wollte den Titel »Design – die Sprache des neuen Jahrtausends«. Sie mußte übergeschnappt sein. Zur Strafe mußte sie 180 Tausend zahlen, sofort.

Zur Furie wurde ich auch bei Tourismus-Themen. Tourismus hasse ich noch mehr als Telekommunikation und Design. Ein Reisebuchverleger war mit dem Titel »Tourismus 2000« noch nicht ganz zufrieden. Ich habe da noch etwas Bauchweh, sagte er. Mit dem Tourismus »auf der Schwelle« oder »an der Schwelle« war er auch nicht glücklich, das sei zu altväterlich, sagte er zu Recht und wollte dann tatsächlich »Tourismus 3000«. Voll in die neue Zukunft starten, sagte er. Er wollte mit seiner 3000 die 2000 überholen, noch ehe sie da war. Das kostete ihn 300 Tausend. Er zahlte, ohne zu murren.

Mit einer gewissen Inbrunst hatte ich den Titel »Trinken 2000« abgemacht, weil ich in diesem Buch, wenn ich es schreiben würde, endlich meine Abneigung gegen die berühmten Festtagsgetränke loswerden könnte. Das Getue um prickelnde Gesöffe macht mich seit Jahrzehnten verrückt. Hier bin ich völlig mit Nadja eins. Le Fück! Ça me nerve! sagt sie. Die Vorstellung, daß Millionen von Menschen, und zwar nicht nur die ewig doofen Deutschen, sondern auch Finnen und Weißrussen, Iren und Belgier, Holländer und Italiener und sicher auch die sympathischen Litauer und Korsen die Frage bewegt, welche Flaschen sie am Silvester 1999 öffnen sollen, welches Getränk würdig genug ist, um damit auf die Ankunft des glorreichen Jahres 2000 anzustoßen, dann überkommt mich ein seltsamer Schwellenzorn.

In den 20er Jahren hieß alles Schampus. In den 50er und 60er Jahren war Sekt im Nachkriegsdeutschland der Inbegriff des Wirtschaftswunders. In den 70er Jahren rümpfte, wer es sich leisten konnte, über Sekt die Nase und trank Champagner zu feierlichen Anlässen, in den 80ern versuchte man italophil mit dem Prosecco-Kompromiß der Frage Sekt oder Champagner auszuweichen. Irgendwann wird das der letzte Schrei werden, was man früher »Schaumwein« nannte, und womit der Vater von Felix Krull Konkurs machte.

Ich halte von all dem nichts. Prosecco ist mir zu toskanadeutsch, Champagner zu francophil und Sekt zu deutschnational, denn Sekt wird heute, wo fast jeder Aldikäufer Champagner schlürfen zu müssen glaubt, von Leuten zu sich genommen, denen das Geraune vom Champagner zu ordinär geworden ist. Sekt ist zu einem Gesöff für Snobs geworden. Mir schmeckt das alles nicht, ich betrinke mich nach wie vor lieber mit Unmengen eines leichten trockenen Weißweins, den ich so stark gekühlt habe, daß Weinkenner ihren Kennerkopf schütteln.

Meine Champagneraversion hatte schon Mitte vorigen Jahres, als der Idiotenjahreswechsel noch weit weg war, neue Nahrung bekommen. Ich würde in den Champagnerkapiteln meiner Schrift »Trinken 2000« wieder einmal bloß abzuschreiben brauchen, was wirklich geschehen war. Auch wieder eine Verlagsgeschichte, ich habe nun mal in dieser Branche zu tun.

Ein Verlag hatte mich Monate vorher, also im Winter 1997/98, angerufen. Nein, kein Buch wolle man von mir haben, man bitte mich nur um eine kleine Gefälligkeit. Man habe Buchhandlungen aufgefordert, sich an einem Schaufensterwettbewerb zu beteiligen, nun solle eine unabhängige Jury entscheiden. Ob ich dazu bereit sei. Meine Arbeit bestünde allein darin, mit dem Pressemann des Verlags gut essen zu gehen, sagte der Pressemann, er würde mir zum Nachtisch 10 Fotos von verschiedenen Buchhandlungsschaufenstern vorlegen und ich sollte die drei nennen, die mir am besten gefielen. Das sei alles, was ich tun müsse. Ich schwieg, und er deutete mein Schweigen richtig. Mein Schweigen hieß: Was habe ich davon? Genauer: Was kriege ich dafür? Für ein Essen gebe ich mich nicht für einen solchen Blödsinn her, hieß das Schweigen. Ich war ziemlich sicher, daß der Pressemann leise »Tausend« sagte und daß ich darauf einen Laut von mir gab, der weder zustimmend noch ablehnend war, sondern ausdrücken sollte, daß ich es mir überlegte. Heute, ein Jahr später, denke ich an mich wie an einen

Obdachlosen zurück. Heute hatte ich es nicht mehr nötig, wegen 1000 Mark auch nur einen Gedanken zu verschwenden.

Als ich mich mit dem Pressemann ein halbes Jahr später zum Essen traf, war ich überrascht von der Popligkeit des Lokals. Ich habe nichts gegen poplige Gaststätten, wunderte mich nur, daß ich mit einem feinen Essen gelockt worden war. Der Schweinebraten war schwammig, danach zog der Verlagsmann zehn windige Farbfotos aus der Tasche und bat mich um mein Urteil. Der Gedanke an die 1000 Mark ließ mich höflich bleiben. Als wir das Lokal verließen, winkte er mich zu seinem Auto: Das Honorar! Er öffnete den Kofferraum und entnahm ihm einen Karton. Champagner, sagte er stolz.

Das kann nicht sein, sagte ich.

Offenbar deutete er meine Gesichtsausdruck als Äußerung fassungslosen Glücks: Doch, Superchampagner! Ist doch klar, daß wir Sie nicht umsonst bemühen wollten!

Ich war nicht in der Lage, mich nach den 1000 Mark zu erkundigen. Wir standen im Nieselregen in einem abgelegenen Stadtviertel, und ich wäre mir noch erbärmlicher vorgekommen, wenn ich mich erkundigt hätte: Sagen Sie, hatten wir nicht 1000 Mark ausgemacht? Ich traute meinem Gedächtnis nicht mehr und hatte Angst, wie ein Loser zu wirken, wenn ich mich nach Geld erkundigte. Über Geld rede ich lieber am Telephon. Ich nickte, ohne zu lächeln. Dann gab mir dieser Mensch einen Tip: Heben Sie die Flaschen auf bis zum Jahrtausendwechsel. Da wird guter Schampus rar, die Leute bunkern schon jetzt.

12

Nach Scheidungen wird man als Einzelperson manchen Leuten peinlich. Ich habe das dreimal am eigenen Leib beobachten können. Man verliert Freunde. Zum Glück habe ich genug. Ich erwarte nicht, daß man zu mir hält. Ich möchte mich nur ab und zu außerhalb meiner Wohnung unterhalten. Und ich möchte auch andere unterhalten. Ich unterhalte gern. Am liebsten, indem ich wahre Geschichten erzähle. Die Begegnung mit dem Verlagspressemann und dem lachhaften Champagnerhonorar hatte ich gelegentlich zum besten gegeben. Meistens wollten die Leute wissen, was aus den Flaschen geworden war, ob sie eine haben könnten. Seid ihr verrückt, sagte ich. Ich hatte die Kiste tatsächlich gebunkert. Das verschwieg ich. Natürlich nicht für den Jahrtausendwechsel. Ich hatte eine seltsame Phantasie: Sollte ich jemals noch einmal mit einer meiner geschiedenen Frau schlafen, würden wir das mit diesen Flaschen begießen. Champagner mochten sie alle drei gern. Sie hielten meine völlig ehrliche Sekt- und Champagneraversion für puren Snobismus.

Ein Jahr erst war das her mit dem Champagnerhonorar. Äußerlich hatte sich nicht viel geändert. Ich fuhr dasselbe Rad, mit dem ich mich zu dem Treffen in der miesen Schweinebratenkneipe begeben hatte und auf dessen Gepäckträger ich mein Honorar heimgefahren hatte.

Seitdem war Nadja in mein Leben getreten, aber sie beherrschte es nicht. Sie bereicherte es. Sie haßt übrigens das Wort »bereichern«. Das ist ihr schon zuviel. Sie will weder mein noch sonst eines Menschen Leben beherrschen oder bereichern. Schon gar nicht das ihrer vier Kinder. Nicht das der vier Väter und Männer – und auch mein Leben nicht. Aber es ist so, sagte ich, du bist ein Gewinn, ich kann es nicht ändern. Das war am Anfang unserer Liaison. Schon damals wäre es fast zum Rippenbruch gekommen. Die kenianische Eidechse ist unberechenbar. Sie liegt anschmiegsam neben einem im Bett und züngelt ein bißchen. Plötzlich, vollkommen unvermittelt, springt sie einen an. Sie beißt und kratzt und boxt und tritt und schlägt – ihr ganzer Körper wird zur Peitsche, ihre eben noch sanften Augen funkeln: Ich gehöre niemandem, ich bin kein Gewinn, verstehst du, ich bin frei! Nachdem das geklärt ist, kann das rabiate Eidechsenliebesspiel beginnen. Wenn das kein Gewinn ist, dann weiß ich nicht.

Meine Behausung eignet sich nicht für die Eidechsenliebe. Zu wenig hell. Zu chaotisch. Ich hatte auch keine Lust, vorher aufzuräumen. Die ständigen Fragen, was weggeworfen, was aufgehoben werden soll, machen mich lebensmüde. Ordnung schaffen enterotisiert mich. Wenn mich Nadja besuchen kommt, nehmen wir sonnige Hotelzimmer.

Nach wie vor bewohnte ich die Höhle des Arbeitstiers. Ich sah den Dreck und die Dunkelheit nicht mehr. Irgendwann würde ich umziehen. In Gedanken war ich schon nicht mehr hier. Das alte Leben war vorbei, in dem ich wie ein verdammter Verrückter geschrieben und wie ein verdammter Normaler verdient hatte.

Mit Rührung dachte ich an die kleine Champagnerepisode, wie man an seine Studentenzeit denkt, die Jahre zurückliegt: Mensafutter, nicht anspringende VW-Käfer, und sich drei Wochen überlegen, ob man sich eine Platte leisten kann.

Ich fuhr nicht nur dasselbe Fahrrad, ich trug auch dieselben Polohemden. Ich war kein anderer geworden. Nur schrieb ich nicht mehr. Daß ich nun für das Nichtschreiben das Vielfache verdiente, ergötzte mich immer wieder neu. Ich genoß meinen Übermut. Natürlich waren meine Ehen nicht ausschließlich daran gescheitert, daß mein Leben vom Schreiben beherrscht war. Trotzdem, Sophie, meine erste Frau, hatte sich mit den Worten verabschiedet, meine perverse Schreiblust hätte alle Lebenslust aufgezehrt. Maria, die zweite Frau, formulierte es in ihrer esoterischen Art noch pathetischer: Ich hätte die Liebe der Literatur geopfert – ein Ausdruck, der mich wütend gemacht hatte. Die dritte zischte nur einmal verächtlich »Textwichser«, nachdem ich während eines Romanendspurts zwei Wochen lang nicht zu ihr ins Bett gekommen war, und verschwand für immer.

Diese drei Frauen hatten nicht schlecht von meinen Einkünften gelebt. Sie waren mit Freundinnen nach Marokko und Miami geflogen – und waren verärgert, als ich sagte, ich hätte nichts dagegen, wenn auch noch ein Lover mitführe. Hätte ich verstanden. Ich hatte keine Zeit. Ich schrieb. Schreibend finanzierte ich die Kosten für solche Reisen. Ich bringe keine Opfer. Ich will nicht nach Marokko oder Miami. Ich habe nichts anderes gelernt, le Fück, ich kann nur dies eine. Nur schreibend verdiente ich Geld zum Leben. Ich lebe gern. Und ich liebe auch gern. Schreiben ist Ausdruck meines Lebenswillens. Es ist kein Ersatz für die Liebe. Im Gegenteil. Oft war auch Liebe der Lohn für mein Schreiben. Schreiben ist schön und hart. Man ist absorbiert. Man gibt alles. Nichts anderes interessiert als der Roman, an dem man sitzt. Auch Nadja macht das verrückt. Nie wieder soll es so weit kommen, daß ich eine Liebe kaputtschreibe.

Ich fragte mich, wie meine Ehen verlaufen wären, wenn ich es mir hätte leisten können, weniger zu schreiben, und hatte Lust, mich mit meinen geschiedenen Frauen zu treffen und mir mit ihnen rückblickend ein solches Leben auszumalen. Nur wann? Im Augenblick hatte ich keine Zeit für solche Scherze. Im übrigen müßte Nadja bei diesem Treffen dabei sein. Nadja hätte ich ihnen gerne vorgestellt. Ich mag die Scheu im Blick anderer Frauen, wenn ich mit der kenianischen Eidechse auftrete.

Die meisten meiner Phantom-Buchprojekte schloß ich am Telephon ab. Ich kann schamloser verhandeln, wenn ich meine Partner nicht sehen muß. Gelegentlich hatte ich nicht mit Verlagen zu tun, sondern mit Institutionen, die eine Schrift für interne PR-Zwecke von mir wollten. Ein großer zahnmedizinischer Zulieferer wollte eine originelle Jahresgabe, um ein paar tausend Zahnärzten Laune zu machen. Natürlich irgendwas mit 2000. Ich versprach, ihnen eine Geschichte, die ich tatsächlich schon lange im Kopf hatte, zu deren Niederschrift ich allerdings seit Jahren nicht gekommen war – und für die jetzt tatsächlich der günstigste Zeitpunkt wäre, denn schließlich war der Zirkus 2000 niemand anderem zu verdanken als dem berühmten Knäblein, das vor eben 2000 Jahren in Bethlehems Stall das Licht der Welt erblickt hatte. Meine Geschichte wird aus der Sicht eines der Heiligen Drei Könige erzählt und enthüllt die Stunde Null als einen seit 2000 Jahren funktionierenden Bluff: In Wahrheit nämlich hatte sich Kaspar aus Ägypten in eine Touristin aus Palästina verliebt. Noch nie hat er so blendend weiße Zähne gesehen. Die Ägypterinnen haben vom vielen Wüstensand im Mund braune Stummelzähne. Die schöne Jüdin heißt Jaffa und vertilgt Orangen ohne Sand. Sie geht ihm verloren, er will sie wiederfinden. Die Liebe zu den weißen Zähnen löst alles aus, kein Komet am Himmel.

Wunderbar, sagte eine fröhliche Frauenstimme von der Firma, die bequeme Zahnarztliegestühle herstellte, das machen wir, das mögen unsere Kunden. Ich kenne Ihre Bücher, sagte sie am Schluß des Telephongesprächs zu meiner maßlosen Überraschung und meinem Entzücken. Sie hatte Literatur studiert und war bei einem Zahnarztstuhlhersteller gelandet. Mein Mitleid war so groß, daß die Honorarforderungen nicht über meine Lippen wollten. Nur nicht bescheiden, sagte sie, mein Arbeitgeber schwimmt im Geld.

Auch in den PR-Abteilungen der Finanz-Welt mußte sich herumgesprochen haben daß ich der ideale Mann war für eine smarte Broschüre, die ideale kleine Jahrtausendwechselgabe an gute Kunden und an das eigene Führungspersonal. Ich hatte Anfragen von einer Rückversicherung, einer Kreditversicherungs AG, von einer Investment Fonds Consult GmbH und irgendwelchen Börsenmenschen, die sich Discount Broker nannten, dauernd von Trade Links redeten, das Internet für die Börse erschlossen, aber auf traditionelle Printmedien nicht verzichten wollten. Wir können nicht alles ins Netz stellen, unsere Kunden wollen auch mal wieder Post kriegen, hieß es. Einen witzigen Text wollten sie, der ein bißchen mit Geld und ein bißchen mit Geist und ein bißchen mit diesem Jahrtausendwechselschwachsinn zu tun haben sollte. »Börse 2000«, sagte ich. Zum Beispiel, sagten sie, bestanden aber darauf, daß ich ihnen mein Konzept in Frankfurt vorstellte.

Sie als Börsenleute müssen doch wissen, sagte ich, daß man in ein paar Minuten 5 Milliarden am Telephon hin- und herschieben kann. Ganz so hoch seien meine Honorarvorstellungen nicht, haha!

Eben weil sie den ganzen Tag am Hörer hingen, seien sie froh, wenn sie Besuch aus Fleisch und Blut bekämen, sagten die Discount Broker. Es ging um 200 Tausend Mark für 20 Seiten mit sehr wenig Text – und so fuhr ich nach Frankfurt, um mein Projekt vorzustellen und absegnen zu lassen. Warum sollten nur gierige Verlage meine Opfer sein. Auch clevere Internet-Spekulationsfinanzberater sollten bluten.

Ich habe einmal einen Artikel über Schulungen in den Chefetagen von Banken geschrieben, dafür recherchiert und weiß, was in dieser Welt Eindruck macht. Ich würde mich exakt so verhalten wie der Schulungsleiter, den ich damals als Vollidioten vor einer vollidiotischen Zuhörerschaft beschrieben hatte.

Ich bat um eine dieser Staffeleien, an denen plakatgroße Papiere hängen. Physiknobelpreisträger benutzen immer noch die altmodische Tafel für ihre Demonstrationen, Supermarktketteninschwungbringer ausgediente Overheadprojektoren, echte Dynamiker aber bevorzugen diesen lässigen Großblock, dessen riesige Seiten sich so wirkungsvoll abreißen lassen.

Auf das erste Blatt hatte ich das Wort »Mensch« notiert und erklärte kurz, daß eben dieser noch immer im Mittelpunkt stünde. So hatte der Führungskräfteschulungsleiter auch begonnen, und alle hatten genickt. Auch die Börsenleute nickten jetzt, und ich bekam Oberwasser. Ich hatte damit gerechnet, daß wenigstens einer dazwischenrufen würde: Kommt mir bekannt vor!

Und was ist das Zweitwichtigste, fragte ich und ließ den Blick über die Gesichter meiner Zuhörer wandern. Sie sahen durch die Bank wie Dressmen aus, die Anlageberater für die Reklame einer Großbank spielen sollen: ein graumelierter Knapp-60jähriger, die verläßliche Traditionsfigur mit Erfahrung, flankiert von tatendurstigen 30- bis 40jährigen, auch die jüngeren erstaunlich angegraut, mit diesen Harvard-Intelligenzquotientvisagen. Nachdem ich die Frage nach dem Zweitwichtigsten zwei Sekunden im Raum hatte schweben lassen, riß ich das Blatt mit dem Wort »Mensch« vom Block, ließ es zu Boden sinken und schubste es mit dem Fuß beiseite, ebenso wie es der Schulungsleiter gemacht hatte, den ich hier imitierte. Nicht etwa die Antwort erschien auf dem neuen Blatt, sondern ein von mir fünf Minuten zuvor aufgemaltes großes Fragezeichen. Der Effekt mußte gesteigert werden. Nach zwei weiteren stumm gespannten Sekunden entfernte ich das eindrucksvolle Fragezeichen, und da stand sie, die Antwort, schwarz auf weiß, von meiner eigenen Menschenhand gewissermaßen genial hingekritzelt: »Geld«. Keiner kicherte, keiner protestierte, keiner wunderte sich. Da ahnte ich, daß auch das nächste Jahrtausend das der großen Idioten sein würde.

Ich hatte keine Lust mehr, mein Imitationstalent weiter zu vergeuden, wurde wieder ich selbst, der normale Verkäufer von Phantomtexten, und sagte ein paar viel zu vernünftige Sätze über die Notwendigkeit des Witzes. Ich würde in meinem Text mit der Angst vor dem Crash spielen und im übrigen ein paar Prophezeiungen anbringen, unter anderem die, daß das Wort »Yuppie« zu Beginn des neuen Jahrhunderts aussterben werde, weil »young« und »urban« nicht mehr gefragt seien, sondern Vernetzung und global village, so daß ich für den fix-vernetzten, mit Trade Links operierenden Typus der näheren Zukunft die Bezeichnung »Gloville« vorschlagen würde.

Höfliches Abschlußgelächter. Schwierigkeiten machte nur die Zahlweise, da ich unvermittelt um den Scheck, ausgestellt auf eine Schweizer Bank, bat. Erst meine Bemerkung, daß ich auch dieser Regierung meine Steuern nicht in den Rachen zu werfen bereit sei, sorgte wieder für Verständnis. Der 60jährige zückte lächelnd das Scheckheft einer mir vertrauten Zürcher Bankgesellschaft nebst einer Edelfeder, drehte den Kopf zur Seite und rief: Kurs? Drei Musterknaben zogen ihre Handys und Taschenrechner, und wenige Sekunden später stand der Gegenwert von 200 Tausend Mark in Schweizer Franken auf dem Scheck – eine Summe, die mich in ihrer Ungeradheit ärgerte.

Das Steuerproblem ließ mich nicht kalt. Sicherheitshalber sorgte ich dafür, daß mir ein großer Teil der Vorschußsummen von ausländischen Konten der Verlage auf meine ausländischen Konten überwiesen wurde und so den heimatlichen Boden nicht berührte. Eine Art Vorsorgemaßnahme. Viele Verlage spielten nicht mit. Ich war ihre Ausgabe, das wollten sie sich nicht nehmen lassen.

Das Thema Steuer interessierte mich aber weniger praktisch als psychologisch. Mit einem Verlag hatte ich fast leidenschaftliche Gespräche über ein Buchprojekt mit dem Titel »Steuer 2000« geführt. Also ich persönlich finde den Titel ja rattenscharf, hatte der Lektor gesagt, aber meinen Sie nicht, daß das Buch als eine dieser Broschüren mit legalen Steuerabschreibungstricks mißverstanden werden könnte? Aber das ist doch der Witz, sagte ich und beschwor ihn: Natürlich brauche es Mut, doch könne man mit der Aufmachung einer solchen Verwechslung vorbeugen, wozu gebe es Hersteller und Grafiker, das Buch müsse edel aussehen und nicht wie eine Bausparvertragsfibel. Ich empfahl rotes Ballonleinen. Das ist zu teuer, stöhnte der Lektor. Im übrigen habe für gut gemachte Bücher heute keiner mehr Sinn, sagte er traurig. Ich muß ihm recht geben, und der kulturpessimistische Titel »Das Ende der Buchkultur am Anfang des Dritten Jahrtausends« ging mir kurz durch den Kopf. Ich hatte vor Jahren einmal durchsetzen können, daß ein Bändchen mit einer Erzählung von mir in bananenschalengelbes Leder gebunden wurde, weil in der Geschichte eine Gazellenfrau mit einem bananenschalengelben Lederrock dem Icherzähler den Kopf verdreht. Mein mit Abstand schönstes Buch, das keiner kaufte, weil der Konsumpöbel für Feinheiten keinen Sinn hat. Er will es knallig. Doch auch die Kritik wußte mein Buch nicht zu schätzen. Sie drehte den Spieß um und warf mir einen knalligen Geschmack vor. Ich würde ein ordinäres Frauenbild anhimmeln, schrieb ein Rezensent, der sich zum Glück später mit rechtsradikalen Gesängen ins Aus brachte, dessen Tadel ich folglich seitdem als Lobesworte verwenden kann.

Der Lektor hatte meine Erinnerungen mit der Frage unterbrochen, ob der Plural »Steuern 2000« nicht besser wäre, weil das ein Wortspiel sei, in dem ja auch das Steuern durch die Fährnisse der Jahrhunderte und Jahrtausende und über deren Schwellen mitklänge.

Es hatte keinen Sinn mit ihm. Er wurde albern und verstand mich nicht. Nicht das Metaphorische, sondern das Knallharte interessiert mich: Geld. Die furchtbare Ahnung, daß die soeben verdiente runde Summe später vom Finanzamt beschädigt werden könnte. Das war doch der Grund für alle Aktivitäten. Eine für Selbständige kaum zu ertragende Vorstellung. Millionen haben so schöne Formen. Wie große Äpfel. Die dürfen nicht angebissen werden. Wie sieht das denn aus! Das Ganze ist eine Frage der Ästhetik. Unternehmer können dieser Deformation ihrer Gewinne mit neuen Investitionen ausweichen, aber was macht der Vater einer siegreichen Tennisspielerin. Oder ein Dichter?

Was würde ich machen? Ich würde in jedem Fall die Steuer 1999 nicht vor Sommer 2001 machen, und so weit brauchte ich jetzt nicht vorauszudenken.

13

Ich brauche wenig Schlaf. Für vier oder fünf Stunden versinke ich meist traumlos im Nichts und erwache morgens vor sechs, ausgeruht und tatendurstig. Den Müßiggang begrüße ich aus ideologischen Gründen, geschaffen bin ich nicht für ihn. Vormittags um zehn noch gähnende Menschen sind mir ein Graus. Mit Ehefrau drei hatte es deswegen Probleme gegeben.

Schreiben kann man zu jeder Tages- und Nachtzeit. Es ist die ideale Tätigkeit für mich, auch wenn ich dabei mißmutig aussehe, wie Nadja meint: Wie ein perverser Renaissancepapst, hatte sie einmal gesagt und mir die müde Feder aus der Hand genommen, beziehungsweise den Laptopdeckel zugeklappt: So einen wollte ich schon immer mal verführen, sagte sie, verkleidete sich als Eidechse, und wieder dachte ich nicht daran, den heiligen Antonius zu spielen. An diesem Abend schrieb ich dann nicht weiter.

In letzter Zeit hatte ich mir nur Bücher ausgedacht, nicht geschrieben. Erfinden ist weniger anstrengend als formulieren – also schlief ich noch kürzer. Die Schlaflosigkeit, eben noch mein Vermögen, meine Reserve, mein Kapital, war nun mein Unglück. Die Zeit, die früher gerast war, wenn ich um fünf Uhr früh einen Text begann, der um elf in irgendeiner Redaktion sein mußte, verging nun nicht. Ich starrte mit Widerwillen auf meine Listen mit den Phantombüchern und sah dabei wahrscheinlich noch mißmutiger aus als ein perverser Renaissancepapst. Die Zahl 2000 ekelte mich an. Sie sah aus wie ein häßlicher kurzer Wurm. Ich habe die neu herankriechenden Jahre und Jahrzehnte und Jahrhunderte, vor allem dieses fette neue Jahrtausend schon einmal als Raupe beschrieben, ohne zu bemerken, wie sehr eine Zahl mit mehreren Nullen einem solchen abscheulichen Tier mit seinem eingeschnürten Wurstkörper gleicht. Raupen, Maden, Larven, Würmer – für Hühner zum Picken als Nachtisch gut, sonst erfreuen sie unser Herz weniger. Und auf den auf dem

Schreibtisch herumliegenden Papieren, die beim Telephonieren mit den Verlagen entstanden, überall diese Würmer und Maden und Larven und Raupen. Es war eine Plage. Auf eine Liste notierte ich: »2000: Anfang oder Ende der Plagen?« Noch eine Made mehr. Vielleicht wurde was daraus. Die Zahl 2000 hatte mir 5 Millionen eingebracht. Aber auch das war nichts als ein längerer Wurm, wenn man die Summe als Zahl aufschrieb: 5000000. Ein Kinderbuch könnte ich auch noch schreiben: Wie diese runden Zahlenwürmer in den Silvesternächten lebendig werden, seltsam herumstreichen und ihre Wurmscheiße absondern, die man Jahreszinsen nennt.

Erst um viertel nach sechs kamen die Zeitungen. Zeitungen enthalten immer dann kluge Hintergrundberichte und blendend geschriebene Kommentare, wenn man keine Zeit hat, sie zu Ende zu lesen. Ein paar Tage lang erinnert man sich an die Artikel, sie kommen einem vor wie verheißungsvolle Frauen, mit denen man zu kurz ins Gespräch gekommen ist, um sie kennenzulernen. Es gibt ungelesene Zeitungsartikel, an die ich mich seit zwanzig Jahren erinnere, wie es unvergeßliche Blicke gibt, die mir Frauen zuwarfen.

Jetzt hatte ich Zeit und erlebte den Erkenntniszuwachs nicht. Nur Gelaber, das Millennium fest im Blick. Im dritten Jahrtausend wird es keine Kinderlähmung mehr geben, las ich. Witzbolde fragten, was nach dem Weltuntergang, der mit dem Jahrtausendwechsel ins Haus stehe, mit den Konservendosen sei, die bis Sommer 2002 haltbar seien. Noch 183 Tage bis 2000 stand woanders.

Wenn man schon das dritte Jahrtausend nicht verhindern konnte, dann sollte man wenigstens dieses Zählen verbieten. Es gab öffentliche Uhren, die anzeigten, wie viele Sekunden noch bis zum Jahrtausendwechsel tickten. Das tat weh. Nein, es tat nicht weh. Es war egal. Doch warum nicht auch den harmlosen Unsinn bekämpfen. Es gab aber bekanntlich keine Demonstranten mehr. Keiner warf mehr Steine.

War das Demonstrieren, wie die Kinderlähmung, eine Erscheinung des alten Jahrtausends? Schon seit Jahren wußten die Demonstrationswilligsten nicht mehr recht, wogegen sie sein sollten. Wo seid ihr, riefen die, die immer auf Demonstranten geschimpft und nun nichts mehr zum Zetern hatten. Es war zunehmend unklar, wo sich der Teufel verbarg, im Irak oder Amerika, auf dem Balkan oder in der nordatlantischen Allianz und dem frisch vereinten Europa, in Rußland oder Algerien. Oder in Afghanistan. Oder Burundi! Oder in Bayern? Oder gar in Israel? Ein beklemmender Gedanke. »Die Unübersichtlichkeit, die am Ende des 20. Jahrhunderts beklagt worden war, ist ein Witz gegen das, was das nächste Jahrtausend an Nixverstehn zu bieten haben wird.« Diesen kernigen Satz schrieb ich dann doch auf. Er paßte in mein Buch »Demo 2000?« Mit Fragezeichen. Das Fragezeichen hatte der linke Verlag erst nicht haben wollen. Noch pointierter ließe sich formulieren: »Ab 1.1.2000 weiß keiner mehr Bescheid.«

Ich weiß noch, wer meine Feinde sind. Der Glaube an Esoterik und Astrologie zum Beispiel. Seitdem ich vor langer Zeit einmal von einer Frau nach einer der schönsten Nächte meines – und angeblich auch ihres Lebens sanft, aber unwiderruflich vor die Tür gesetzt worden war, weil unsere Sternzeichen leider nicht zusammenpaßten, hasse ich Astrologiegläubigkeit. Natürlich wäre es mir ein besonderes Vergnügen gewesen, mich jetzt zu rächen, einem dieser widerwärtigen schwerreichen Astro- oder Eso-Verlage ein raunendes Endzeitbuch aufzuschwatzen und ihn um 250 Tausend Mark zu erleichtern. »Planet 3000« vielleicht, weit vorausblickend, oder herkömmlicher: »Ein neues Jahrtausend wird besichtigt«.

Ausgerechnet die Astrologieverlage aber ließen sich auf meine Lockungen nicht ein. Als ahnten sie, daß ich ihr Erzfeind war. Sie hätten mit dem Jahrtausendwechsel nichts am Hut, sagten die Astro- und Eso-Verlagsleute gutgelaunt und lieferten eine lupenreine Argumentation: Das mit dem Jahr 2000 sei alles Vulgärastrologie, Medienspektakel, Geldmacherei. Rein gestirnskonstellationsmäßig sei nicht die geringste Veränderung zu erwarten, die kommende Silvesternacht sei eine Nacht wie jede andere, aber das könne man hunderttausendmal sagen, das wollten die Leute nicht hören. Auch das ganze Jahr 2000 sei astrologisch vollkommen belanglos.

Ich war sprachlos und kurz davor, glühend beizustimmen und mein Feindbild für immer zu begraben, als die Stimme plötzlich mit einer grotesk vollmundigen Selbstüberzeugtheit sagte: Aber 2005, da wird es losgehen: Da kommt der totale Wechsel.

14

Wenn man ein Buch schreibt und einen Abgabetermin ausgemacht hat, beginnen Verlage etwa drei Monate vor diesem Termin gelegentlich anzurufen, um sich vorsichtig nach dem Stand der Dinge zu erkundigen. Wie sieht es aus? Läuft es? Doch nicht etwa irgendwelche Probleme! Können wir helfen? Ab Mitte Juni würde es zu diesen Anrufen kommen.

Ich hatte früher einmal mit einem Lektor zu tun gehabt, der sich auf so unausstehliche, irgendwie mißgünstig schadenfrohe, knarzig meckernde Art nach meinem Text erkundigte, als wünsche er sich schon acht Wochen vorher, daß ich den Termin überschritte und sein Mißtrauen und seine Gewißheit bestätigte, daß alle Autoren unzuverlässig sind. Was macht der Text? Ich konnte es nicht mehr hören und rief den Verleger an, der gerade in San Francisco war. Die Sekretärin sagte das, als sei das eine Auszeichnung. Was soll das, sagte ich, ich hätte gehört, die Welt sei klein geworden, er möge mich bitte anrufen, umgehend, auch wenn er in Peking sei. Ich bin sein Autor, ich bin in Not! Er rief an, und ich bat um eine andere Stimme. Wenn ich weiter dieses Gemecker seines Lektors hören müsse, könne ich das Buch nicht schreiben. Eine Frauenstimme wäre mir lieber. Erkundigungen nach dem Gedeihen eines Textes hätten etwas Intimes. Ich vertraue mich lieber Frauen als Männern an, sagte ich. Nachfragen, Mahnungen, Verdächtigungen von Männern könne ich nicht ertragen, und schon gar nicht den Ruf »Frohes Schaffen!« oder sonstige Formeln der Antreiberei.

Entweder wollte der Verleger mich ärgern, oder er hatte meine Bemerkung mißverstanden und hielt mich für einen mamafixierten Masochisten, der die Peitsche der Domina braucht. Denn nun rief eine Stimme an, die zwar einer Frau gehörte, die aber auf unvorstellbar entsetzliche Art barschdröhnend, argwöhnisch-machtbesessen, männerfeindlich und voller Verzweiflung über die eigene Häßlichkeit war. »Wo bleibt der Text?« Es war, man spricht solche Bezichtigungen ungern aus, die Stimme einer Aufseherin. Jeder meckernde Ziegenbock ist mir lieber. Wenn ich etwas noch viel furchtbarer finde als astrologiegläubige Frauen, dann den Typ Aufseherin. Zur Strafe erhielt der Verlag seinen Text mit zweimonatiger Verspätung. Ich wollte aus dieser Stimme alles rausholen. Tut mir leid, ich bin Schriftsteller, ich phantasiere viel, aber ich kann mir nicht alles ausdenken. Diese O-Töne konnte ich mir nicht entgehen lassen. Es war phantastisch, wie die Stimme immer mehr überschnappte, als ich eine Woche lang freundlich dasselbe sagte: Morgen haben Sie das Manuskript auf dem Tisch.

Ich habe in meinem Beruf selten Gelegenheit zu Machtproben. Das mußte ich ausnützen. Es ist mir eine Genugtuung, machtbesessene Menschen ohnmächtig zu machen. Ich weiß in heikleren Fällen dann auch die Vorzüge einer intakten Demokratie mit all ihren Gesetzen zu schätzen, die mir erst garantieren, daß das Spiel nicht verdorben wird. Ich habe es beim Militär gelernt. Man lächelt wie ein Granit und reagiert nicht auf Befehle – fast jeder Vorgesetzte wird sich nach einer Weile in ohnmächtiger Wut krümmen wie ein Wurm. Das ist schon ziemlich gut. Wenn er dumm ist, sagt er: Das hätten Sie sich früher nicht erlauben können! Wann früher meinen Sie? fragt man infam arglos zurück. Wenn er noch dümmer ist, spuckt er aus: Zu Adolfs Zeiten! Dann ist er dran. Anzeige. Ganz kalt. Weg, du Wurm!

Als meine Aufseherin eines Tages mit dem Schreien aufhörte und zu schluchzen begann, faßte mich ein Rühren. Ich machte sie fertig, meine Erzählung, legte sogar eine Tafel Herrenschokolade »extra bitter« zwischen die Seiten und brachte das Kuvert zum Nachtzug. Auch das spricht gegen E-Mail, daß man keine Schokolade beilegen kann.

Es gibt vielerlei Stimmen: honigsüße, falsche, gleisnerische, lauernde, tastende, die Ängstlichkeit verbergende, fordernde, krankenschwesterliche, versöhnliche, depressive, künstlich optimistische, aufgeräumte und solche, wo man nie sicher ist, ob sie nicht »Arschloch!« sagen, wenn sie aufgelegt haben. Meine Lieblingsstimme gehörte einer ungarischen Rohrdommel. Ich weiß nicht, wie dieser Vogel aussieht, wie er singt, ob es ihn überhaupt gibt, in Ungarn oder sonstwo – nichts weiß ich. Der Name fiel mir so ein. Ich stelle mir einen Vogel von der Größe einer Amsel vor, etwas schlanker vielleicht und nicht so nonnenhaft schwarz, eher gesprenkelt, keck, vorsichtig, aber nicht scheu. Mit der Rohrdommel hatte ich zwei Jahre lang zu tun, aber nicht weil sie mich oder ich sie quälen wollte, sondern weil es sich um ein Buchprojekt handelte, daß sich naturgemäß hinzog. Es sollte ein witziges Buch über Deutschland werden, das war nicht so leicht. Immer wenn in Deutschland etwas Unangenehmes vorgefallen war, konnte ich ein paar Wochen lang nicht an diesem Buch arbeiten. Die Rohrdommel und ihr Verleger verstanden das. Trotzdem sollte das Buch irgendwann tatsächlich geschrieben werden. Der Verleger schickte die Rohrdommel vor, er wußte, wenn überhaupt jemand mir dieses Buch entlocken konnte, dann sie mit ihrem Ruf. Immer wieder rief sie mal an, in großzügigen Abständen – unerwartet, aber nie so, daß ich erschrak, obwohl ich das Projekt von Mal zu Mal vollständig verdrängte. Plötzlich war sie da, die Stimme, wie ein Vogel, der im Sommer am offenen Fenster landet und einem ungeniert ins Zimmer schaut, dabei charmant seinen Kopf bewegt und dann ein paarmal seinen Ruf ertönen läßt. Ich kenne die Rufe des Kuckucks, des Pirols und der Nachtigall. Ob und wie die Rohrdommel singt, weiß ich nicht, ich bin eher ein Großstädter, mache keine Radtouren durchs Schilf. Ich hoffe nicht, daß sie krächzt oder klagt oder schluchzt, denn das tat meine nicht. Sie jubilierte natürlich auch nicht wie die klassische Lerche, dazu gab es keinen Grund. Sie wollte nur mal sehen, was ich mache. Sich in Erinnerung bringen. Sie rief ihren Namen. Dieser Ruf ist nicht leicht zu beschreiben. Ich bin kein Musiker. Drei Silben, die Betonung deutlich auf der ersten, die vom Vokal her dunkler, auf der Tonleiter höher als die der beiden Folgesilben war. Eine Terz, schätze ich. Der

Kuckuck ruft auch eine Terz. Es klang wie Bá-ry-ga. Bá-ry-ga. Irgendwie ungarisch. Eine kleine Melodie. Schwebend, zuversichtlich. Kein Kontrollruf. Solidarisch eher. Aber schon auch warnend: Paß auf, das nächste Mal könnte der Chef durchs Fenster schauen und mich an den Vorschuß erinnern, den ich erhalten hatte. Eine lächerliche Summe zwar, verglichen mit den Anweisungen, die mir jetzt ständig zugingen, aber für meine damalige Finanzmoral doch eine Art Schuld, die gelegentlich ein mildes Schuldgefühl in mir weckte.

Ich nannte sie meine ungarische Rohrdommel. Nur für mich natürlich. Sie wußte nichts davon, obwohl ich manchmal schon so weit war, mir einen gemeinsamen Schiffsuntergang vorzustellen. Liebestod, allerdings nicht auf der Titanic. Wir schworen uns beide, in diesen Erfolgsfilm nie zu gehen. Ins Eismeer mit dem Hauptdarsteller! Wäre das Weichei doch bei den Dreharbeiten ersoffen! Jeder ihrer Anrufe endete mit einem kurzen Gespräch über irgendeinen Film. Damit verlor sich das amtlich Verpflichtende ihres Anrufs, trotzdem flog sie mit einem so süßen Seufzer davon, daß ich mir immer sofort vornahm, morgen mit dem Buch zu beginnen. Manchmal sah ich mich, obwohl ich noch nie auf einem Pferd gesessen bin und auch nie auf einem sitzen möchte, mit Nadja durch die Pußta reiten. Wir tränkten die Pferde am originalen Ziehbrunnen – und auf dem Holzgestänge sitzt die Rohrdommel. Bá-ry-ga, ruft sie und sagt dann: Sie sollten doch an diesem Buch über Deutschland schreiben. Dabei starrt sie unverwandt auf Nadja, meine Reisebegleiterin. Ich habe ein Buch dazwischenschieben müssen, sage ich, aus aktuellem Anlaß, »Dracula 2000 oder Zukunft des Vampirismus«. Ich bin unterwegs in die Karpaten. Zum Recherchieren. Bá-ry-ga, ruft die Rohrdommel noch einmal, ordnet mit dem Schnabel kurz das Gefieder und fliegt ab.

Dieser Verlag mit dem Deutschlandbuch gehörte zu denen, die ich schonte. Nie hätte ich die Rohrdommel betrügen können. Deutschland im Jahr 2000. Das fehlte noch. Aber ich vermißte ihren Ruf. Einmal erfuhr sie, wie ich sie nannte.

Sie hatte nichts dagegen, daß sie meine Rohrdommel war, schickte mir allerdings die Kopie eines Lexikonartikels. Demnach erinnerte der Ruf der Rohrdommel an das Brüllen eines Rindes. Im übrigen war sie ein Reihervogel, mit langem Schnabel, würde vermutlich nie an offenen Fenstern landen und Schriftsteller beobachten. Der Name blieb aber. Er war stärker als die schnöde Wirklichkeit.

Ich vermißte nicht nur den Ruf meiner Rohrdommel. Ich vermißte den regelmäßigen Druck des Schreibenmüssens, die Konzentration beim Ausformulieren von Sätzen, dieses körperliche Gefühl des Substanzabgebens beim Schreiben.

Ich treibe keinerlei Sport. Das Einfangen flüchtiger Gedanken, das Bändigen widerspenstiger Argumente, das Zwingen von konfusen Vorstellungen in verständliche Sätze – das alles war die Bewegung, an die ich seit Jahren gewöhnt war. Ich hatte dabei nie das Gefühl gehabt, daß es geistige Arbeit war, was ich tat, schon weil mir der Begriff »geistige Arbeit« zuwider ist. Auch hatte ich beim Schreiben tatsächlich ein eher körperliches Gefühl. Nicht nur wurde mir mit meinen Helden geil oder ungeil zumute, mein ganzer Organismus geriet in Bewegung. Mein Herz klopfte, wenn ich polemisierte, ich geriet ins Schwitzen, ja, ich konnte die Scheißerei kriegen vor Aufregung, wenn ich dem richtigen Ausdruck hinterherraste oder wenn ich kurz vor dem Ende eines Kapitels noch nicht wußte, wie es ausgehen würde.

Ich habe über zwanzig Bücher geschrieben und weiß, wovon ich rede. Wenn ich nicht schreibe, wenn ich mich ausruhe, entspanne, Spaziergänge mache und regelmäßige Mahlzeiten einnehme, fühle ich mich körperlich elend. Schon der Gang zum Postkasten ermattet mich. Wenn ich aber in ungesundester Haltung gekrümmt zwei Monate nicht vom Schreibtisch weiche, nie an der frischen Luft bin und nur vom gelegentlichen Verschlingen alter Nudeln lebe, bin ich trainiert und fit wie ein Berserker und habe nach Vollendung des Manuskripts Lust auf Marathonläufe – zumindest mache ich Klimmzüge an allen erdenklichen Dachrinnen und

Ästen, an denen ich vorbeikomme. Das Stemmen eines Textes verbessert meine körperliche Kondition.

Nun hatte ich seit Monaten nichts gestemmt als heiße Luft und fühlte mich unwohl und unausgelastet. Ich ging so weit, daß ich nicht nur meine Schreiberei vermißte, sondern auch meine geschiedenen Frauen mitsamt ihrem Ärger auf meine Schreiberei, der mir im Wahn der Erinnerung lieblich erschien.

Nadja vermißte ich nicht. Sie war nicht verloren. Ein Phänomen. Ich freute mich, wenn sie kam, und ich freute mich, wenn sie ging. Ich gestand es ihr.

Gut, sagte sie, es ist gut so.

15

Das berühmte Loch. Ich hatte immer davon reden und warnen hören. Ins Loch fiel man angeblich nach einem reichen Arbeitsleben. Auf einmal gibt es nichts mehr zu tun. Schon ist das Loch da. Telekommunikationsmanager, kaum gefeuert, berichten von Löchern. Angeblich fallen auch Autoren nach Beendigung einer längeren Romanschreibphase in ein Loch. Bei mir war das nicht so. Ein Haufen Romane fertig, aber nie ein Loch. Ein Mangel. Löcher gehören zum Leben, und ich kannte sie nicht. Ich hatte keine Zeit, in Löcher zu fallen.

Nicht nur meine Frauen, auch ich selbst hatte gelitten unter meinem Fleiß, ohne den es nicht ging. Ich war gefragt und wurde gelesen – aber nicht genug. Würde ich mehr gelesen werden, bräuchte ich nicht so elend viel zu schreiben – und könnte zum Beispiel selbst mehr lesen, dachte ich manchmal. Ein Autor, der keine Zeit hat für andere Bücher, ist ein Ungeheuer.

Es gibt in allen Sparten Typen, die etwas machen, was die Masse nicht mag. Und es gibt eine Menge Leute, die die Masse nicht mögen und die gern das haben, was die Masse nicht will. Daher gibt es überall Keramiker und Ärzte, Weinbauern und Dichter, die wie verrückt schuften, sie werden geliebt und gelobt und weiterempfohlen, sie kommen aber auf keinen grünen Zweig, weil ihr Zeug oder ihre Art nichts für die Masse ist – eben deswegen geht es gut, ziemlich gut, aber nie sehr und schon gar nicht massenhaft gut. Eben deswegen arbeiten diese Leute 16 Stunden am Tag – und ich gehörte auch zu diesen exklusiven Vollidioten, während die Telekommunikationsverbrecher und die Softwareautisten zwischen Frühstück und Mittag ihre Massengewinne verdoppeln.

Aber nicht alle modernen Medienklugscheißer haben Erfolg. Ich habe von Leuten gehört, die sich schon vor zwei Jahren gratis Dutzende von Internetadressen mit dem Wort »Millennium« gesichert haben, um sie bei dem zu erwartenden Ausbruch des Millennium-Booms für viel Geld zu verkaufen. Nichts. Will keiner. Aus der Traum von einer Internetadressenverhökerungsfirma, die stündlich ihre Umsätze verdoppelt. Es war mir eine Genugtuung, daß ich mit meinen altmodischen Nichtbüchern mehr Erfolg hatte als diese fixen, ISDN-vernetzten Hackheinis. Jahrelang war ich das Arbeitstier gewesen, der deutsche Gaul. Der Klepper im Joch war ich, oder sagt man das nur bei Ochsen?

»Arbeit 2000« fiel mir ein, auch eines der Bücher, die ich nicht verabredet hatte. »Ungeschrieben« konnte ich diese Bücher schlecht nennen, ungeschrieben würden sie alle bleiben. Wie sollte ich die doppelt ungeschriebenen nennen? Das Verabreden der Bücher war mit einem gewissen Elan geschehen, es war auf seiten der Verlage von romantischen Erfolgsphantasien begleitet, man kann durchaus von einer Zeugung sprechen, sogar kleine ekstatische Momente gab es in so einem Buchzeugungsgespräch, Juchzer. Nur, ich simulierte und wußte, daß es zwar zu einer Befruchtung gekommen war, daß ein Austragen des Bastards aber nicht in Frage kam.

Ein Arbeitspferd war ich gewesen, aber auch »Pferde 2000« war ein ungezeugtes Buch. Daß ich auf die Idee nicht gekommen war! Ich mag Reiter und Pferde nicht, es ist eine Anmaßung, so hoch daherzukommen. Ich hätte gern irgendeinen reichen und reaktionären Pferd-und-Reiter-Verlag hereingelegt. 80 Tausend, ich spürte, wie das drin gewesen wäre, und die Summe fehlte mir plötzlich, als hätte sie mir jemand geraubt. »Reiten« war besser als Pferd, metaphorischer, am besten aber würde »Ritt« sein. »Ritt 2000« oder »Der Ritt ins Dritte Jahrtausend« oder, für die Langtitelliebhaber: »Der Ritt über die Schwelle des Dritten Jahrtausends«. Alles ungezeugte Bücher. Zum Heulen.

Ich hatte mich so an das Einordnen aller Phänomene unter dem Aspekt 2000 gewöhnt, daß ich Versäumnisgefühle bekam, wenn ich Lücken im Netzwerk meiner ungeschriebenen Bücher entdeckte.

»Lyrik 2000« – auch eine Lücke. Obwohl ich für Lyrik

nicht zuständig bin. Je älter ich werde, desto ungnädiger fällt mein Urteil aus. Es gibt kaum noch Gedichte, die ich aushalte. Früher konnte ich in Gedichten schwelgen. Aber gerade das wäre Thema und These: Die überlebte Lyrik als Ausdrucksform der ersten zwei Jahrtausende. Was geschieht zum Entsetzen aller Beflissenen? An der Schwelle zum dritten Jahrtausend verabschiedet sich das Gedicht: Pardon, ich habe ausgedient. Dieses Anti-Lyrik-Buch müßte ich schreiben, wenn Nadja mit ihrem Rimbaud bei mir wäre. Ich liebe es, mich von ihr widerlegen zu lassen.

Ob Pferd, ob Ochse, ob Esel – das Schuften war Vergangenheit. Und sofort verklärte es sich natürlich. Die viel zu kurzen Nächte, in denen ich irgendwelche fünf Seiten schreiben mußte, die am nächsten Morgen um zehn auf irgendwelchen Redaktionsschreibtischen zu liegen hatten. Dieser Druck, dieses Insschwitzenkommen angesichts der rasend vergehenden Zeit. Dieses Nachtdichterschweißstinken. Dieser Wunsch nach Aufschub, der nach drei Aufschüben nicht mehr gewährt werden kann. Dieses spießige Sichnichtblamierendürfen. Dieses reaktionäre Durchhalten – und dann das noch reaktionärere Esgeschaffthaben. Wieder einmal eine Schlacht gewonnen. Wieder einmal eisern gewesen. Das war das Letzte! Nie wieder Krieg, sagte ich mir.

Ob Kummet, ob Siele, ob Joch – am Ende gähnt das Loch. Nun war es Juni, und das Geschäft ließ nach. Klar, die Ferien fingen an, und auch dem wagemutigsten Verleger mußte klar sein, daß ein Buch für den Herbst nun nicht mehr zu machen sein würde. Andere hatten Sekt und Champagner, ich hatte Geld gebunkert, verteilt, unsichtbar, ich konnte nicht darin wühlen. 37 Verträge hatte ich abgeschlossen. Es war mir mittlerweile egal, ob ich 4 oder 5 Millionen eingenommen hatte, das machte keinen Unterschied. Und ich war froh, daß es mir egal war. Ich war mir in letzter Zeit so kleinlich vorgekommen. Nur daß ich keine 40 Vertragsabschlüsse geschafft hatte, das war mir nicht egal.

Wochenlang hatte ich mit dem Schwindeln und Hochstapeln von früh bis spät zu tun gehabt. Statt wie zuvor auf dem Papier oder mit einer Tastatur hatte ich in meinen Gesprächen mit den Verlagen phantasiert. Das vermißte ich. Es war anregend gewesen. Nun gab es nichts zu tun, ich langweilte mich und spürte erstmals das Loch. Kein Bedürfnis zu lesen, jetzt, wo ich doch endlich Zeit hatte. Keine Lust, mit Nadja die Reise nach Kenia zu besprechen. Meine Untätigkeit führte zu einer sexuellen Unlust, und es wurde mir panisch zumute, als ich merkte, daß ich nicht einmal mehr verwegene Sexphantasien zustandebrachte, um mich zu animieren. Ich hatte auch in den letzten Wochen so gut wie keinen Wein getrunken. Zum Verhandeln muß man so nüchtern sein wie zum Schreiben. Der Wein wartete eiskalt im Kühlschrank. Doch jetzt, wo ich ihn hätte trinken können, mochte ich nicht. Am liebsten hätte ich mir ein neues Thema ausgedacht und von vorn damit angefangen, den Verlagen Scheinbücher aufzuschwatzen. Ich hatte Lust zu schreiben, wäre mir aber wie ein Verräter am Ideal des Betrugs vorgekommen. Ohne die anregende Spannung, in die mich das Erfinden und das Vorgaukeln falscher Tatsachen versetzt hatten, schlich ich herum und wußte nicht, was tun.

Beruhigend war einzig der Gedanke, daß irgendwann im Herbst mein Schwindel auffliegen würde. Dann würde es aufregend werden. Dann würde ich meine Spannung haben. Mir war so öd in meinem Loch, daß ich mich darauf freute. Es geht sicher vielen Betrügern so. Immer unerkannt betrügen ist langweilig. Man will die Auflösung, den Knall, die Erkenntnis, das Spektakel, das Fliegen der Fetzen. Fliehen und gesucht werden will man.

Um mich auf das große Ereignis vorzubereiten, suchte ich einen Freund von mir auf, der Anwalt ist und mir bei meinen Scheidungen geholfen hatte, die Angelegenheiten gütlich ohne Gericht zu klären. Die Großzügigkeit, mit der ich meine scheidungslüsternen Frauen auszuzahlen bereit war, ging ihm gegen den Strich und gegen seine Berufsehre. Ein gutes Gewissen ist mir was wert, sagte ich. Thomas arbeitet in einer

Kanzlei, in der die Anwälte Mittags nicht mehr zum Essen gehen. Das kostet zu viel Zeit. Turnusmäßig ist immer einer der Kollegen dran, für alle leichte Leckereien zu besorgen. Morgen sei er an der Reihe, sagte Thomas, wenn ich das übernähme und was zum Futtern mitbrächte, würde ich umsonst beraten. Kein Wein bitte, bloß keinen Wein! Sofort nahm ich mir vor, mich bis zum Umfallen zu betrinken. Die neue Nüchternheit ist tödlich. Nüchtern 2000. Ist es wieder eine Frauengeschichte? fragte Thomas. Ich brachte altes Weißbrot und frisches Olivenöl mit. Das kam gut an bei den Anwälten.

Niemand außer Nadja wußte von meinem kolossalen Betrug. Ich hatte nicht vor, Thomas und seinen Kollegen in ihrer Mittagspause meine Seele zu öffnen. Ich wollte nur ein bißchen vorfühlen und fragte, wie das sei, wenn man als Autor mehr Verträge abgeschlossen habe, als man einhalten könne, ob so etwas wie Regreßforderungen denkbar wären, ob Verlage eine Rückzahlung der Vorschußsumme einklagen könnten. Die Anwälte gossen begeistert Öl auf das trockene Brot und sagten kauend: Kein Problem! Kein Autor werde je einem Verlag etwas zurückzahlen müssen – nicht solange es sie als Anwälte gebe – haha! Aber so weit würde es nicht kommen, kein Verlag würde im Ernst von einem Autor die Rückzahlung einer Vorschußsumme fordern. Ein Autor kann seine Krise haben, es fällt ihm nichts ein, es ist das Risiko des Verlags, wenn er ihm vertraut. Im übrigen könnte jedes Buchprojekt verschoben werden.

Wenn es sich nicht verschieben läßt, sagte ich, weil es an ein aktuelles Ereignis gebunden ist. Und angenommen, nur einmal angenommen, der Autor hat nicht drei, vier, fünf, sondern ein Dutzend Verträge abgeschlossen, und zwar nicht in dem guten oder auch fahrlässigen Glauben, sie irgendwie einhalten zu können, sondern mit der mutwilligen, betrügerischen Absicht, die Garantievorschüsse zu kassieren und diese Verträge nicht einzuhalten – was dann?

Dröhnendes Gelächter der Anwälte. Die Olivenölflasche

fiel um und machte Flecken, was niemanden störte, so gut war die Laune. Einer, der schon seit Wochen nicht mehr rauchte, griff gar zu einer versteckten Zigarettenschachtel und fing an, heiter zu paffen. Genial, sagten alle, das wäre genial. Zwölf Verlage klagen gegen einen Dichter! Für jeden Anwalt ein Traum, diesen Mann zu vertreten. Niemand könnte dem Autor arglistige Täuschung oder betrügerische Absichten nachweisen, jeder Anwalt würde eine Schaffenskrise dieses seines geplagten Mandanten vor jedem Gericht erfolgreich glaubhaft machen können, was bitte, könne der arme Poet dafür, wenn er unter dem Druck finanzieller Verhältnisse Verträge abschließen müsse, was könne er dafür, wenn ihm unter dem Druck der Termine nichts einfalle! Bei Ideenarmut kann nicht gepfändet werden. Sie bogen sich vor Vergnügen.

Für das Image dieses Autors wäre diese Taktik nicht gut, sagte ich. Ein Plädoyer, das mit Einfallslosigkeit argumentiert, dürfte den Marktwert eines Autors ziemlich ruinieren.

Die Anwälte lachten wieder, jetzt härter, und sagten: Entweder Geld oder Image, man kann nicht alles haben.

Ich gab noch nicht nach: Ein Architekt, der eine Anzahlung von 100 Tausend bekommen hat und keinen Plan beibringt, den wird man doch erfolgreich beklagen können! Der kann doch nicht sagen, er sei Künstler, es sei ihm leider nichts eingefallen.

Interessanter Fall, sagten die Anwälte und redeten plötzlich von etwas anderem. Mein Freund Thomas musterte mich, und ich wußte nicht, ob seine Kollegen meine Bemerkung intelligent oder infantil gefunden hatten. Vor allem zog es sie wieder an ihre Schreibtische. Sie scharrten mit den Schuhen.

Mein Freund Thomas brachte mich zum Ausgang und sagte, falls ich in der geschilderten Lage sei oder irgend etwas mit dem geschilderten, unrealistischen Fall zu tun habe, könne er mich nur beglückwünschen. Es kann dir nichts passieren, sagte er, als ich in der Tür stand, auch wenn du – er griff in die Luft – 40 Verträge nicht einhältst.

Was hast du, fragte er. Bei der Zahl 40 war mir so weh ums Herz geworden, daß meine Züge kurz entglitten.

Hilfe irgendeines Anwalts werde ich keinesfalls brauchen, fuhr er fort, der Garantievorschuß der Verlage heiße Garantievorschuß, weil die Summe dem Autor garantiert werde. Und er könne mir garantieren, daß kein Verlag mir Ärger machen würde. Hast du wirklich was laufen? fragte er plötzlich, und ich mußte lachen.

Wieviel? wollte er wissen.

Wieviel Geld oder wieviel Verträge? fragte ich zurück.

Verträge, sagte er.

Ich griff in die Luft und lachte. Siebenunddreißig, sagte ich.

Angeber! Er boxte mich in die Rippen, ausgerechnet in die Seite, die Nadja malträtiert hatte und die noch immer etwas weh tut. Du kriegst doch immer Champagner von deinen Verlagen, sagte er, als ich schon die Treppe hinunterging, du trinkst das Zeug doch angeblich nicht, laß doch mal eine Kiste springen.

16

Leise ächzt der bequeme Korbsessel, die Zeitungen rascheln. Ein Lüftchen bewegt die Palmenblätter über mir. Vormittags elf Uhr, Zeit für den ersten Drink. Die Eiswürfel klirren im Glas. Kein welkes Blatt, kein Grashalm, geschweige ein Haar, trübt die Oberfläche des blaugrün blitzblanken Swimmingpools, in dem eine Frau mit dem Körper einer Göttin sich selbstvergessen tummelt. Die Nacht war so voller Liebe gewesen, daß noch kein Sex die Stimmung spannt. Das Telephon läutet innen im riesigen Wohnzimmer. Ich mag nicht mit einem schnurlosen Hörer neben mir in meinem tropischen Garten sitzen und auf Anrufe lauern. Das ist mir zu billig. Das ist Lottogewinnermanier. Das stört das Niveau der Idylle. Ein Telephon ist eine gute Einrichtung. Ein Telephon hat es verdient, daß man sich erhebt und ein paar Schritte geht, wenn es läutet.

Freunde sagen sich an, gute Freunde. Sie wollen eine Woche bleiben. Es werden schöne Tage werden. Es wird viel zu erzählen geben. Sie werden wie immer zwei Dutzend frische Zeitungen mitbringen. Auch darauf freue ich mich.

Das Mädchen erscheint, sie will eine Vase holen, um frische Blumen hineinzutun. Sie kommt aus Sizilien. Bitte nicht, sage ich freundlich und etwas leidend, diese üppigen Blumen im Zimmer sind mir einfach zu neureich, zu arriviert, zu feierlich – troppo festivo, troppo arrivato, troppo venuto dal nulla, versuche ich, und lächelnd versteht sie. Würden Sie bitte so nett sein, die Gästezimmer vorzubereiten, wir erwarten Besuch, sage ich sanft – nein, ich sage es nicht, ich frage es höflich, fast verzweifelt, fast in der Hoffnung, sie möge den schönen Kopf schütteln, daß die blauschwarze Haarpracht fliegt, und sagen: Machen Sie Ihre Zimmer selbst, Signore! Fai da te, le camere!

Revolutionsromantik. Statt dessen fragt sie, unendlich entzückend: Come va la penna? Wie es meiner Feder geht, will sie wissen, meinem Schreibstift. Ob ich vorangekommen bin, meint sie damit, sie weiß, daß ich Bücher mache. Ich hoffe immer, daß damit auch irgendwie der große Stift gemeint ist, aber ich weiß, daß penna wirklich nur Federkiel heißt und sonst gar nichts – und in der Mehrzahl sind es diese schräg abgeschnittenen Röhrennudeln. Auch sie bedeuten nichts weiter, auch dann nicht, wenn sie mit scharfer Sauce als »penne all' arrabiata« zubereitet sind.

Ich habe dafür gesorgt, daß Tiziana mich nicht für einen Nichtsnutz hält, das wäre mir unerträglich. Sie weiß, daß ich durch Schriftstellerei reich geworden bin. Daß ich genaugenommen durch das Nichtschreiben von 37 Büchern zu meinem Reichtum kam, weiß sie nicht. Ich würde ihr das nicht erklären können. Ich spreche nur Basis-Italienisch. Hier in den Tropen sind Spanisch, Französisch und Englisch angesagt. Ich würde es ihr auch nicht erklären wollen, wenn ich gut Italienisch könnte. Als Tiziana neu im Haus war, hörte ich sie die Köchin fragen, woher ich mein Geld hätte. Daß sie das interessierte! Vielleicht wollte sie nicht für jeden arbeiten?

Sie akzeptiert meinen Reichtum. Meine Antwort gefiel ihr: Ich deutete auf Villa und Garten, hob einen alten Kugelschreiber in die Höhe und zitierte eine Zeile von Petrarca: con questa stanca penna. Mit dieser müden Feder nämlich, wollte ich damit sagen, hätte ich mein Vermögen zusammengeschrieben. Sono poeta, fügte ich so bescheiden wie möglich hinzu und freute mich, daß es nicht völlig gelogen war. E vero? fragte sie strahlend – und seitdem liebe ich sie und leide darunter, daß ich mich ihr nicht nähern kann. Das geht zu weit. Die Göttin im Pool und Nadja, das ist gerade noch vereinbar, aber Tiziana aus Syrakus, die ich anbete, nach der ich mich verzehre, der ich auf der Stelle zwei Millionen Dollar zustecken würde, wenn sie die Summe bräuchte – für eine Augenoperation ihres erblindenden Bruders zum Beispiel – Tiziana soll das unerfüllte Ziel meiner Sehnsucht bleiben, die Frau, die auch für einen Mann wie mich, der doch so gut wie alles hat und haben kann, für immer unerreichbar bleibt. Die

Frau, der ich niemals meine lästige Hand auch nur für eine Sekunde auf den sizilianischen Unterarm zu legen wagen würde. Die Frau, mit der in seltenen Glücksmomenten eine flüchtige Berührung der Finger allenfalls möglich war, wenn ich ihr eine Blumenvase entwand.

Etwas betrübt, weil es zu dieser Berührung soeben nicht gekommen war, ging ich in die Küche und bat die mexikanische Köchin, auf dem Markt ein Wildschwein zu besorgen, es kämen Gäste morgen. Am Rand des Pools lag nun die Frau mit dem Körper der Göttin – und siehe, sie las einen meiner Romane. Und zwar so konzentriert, daß sie mein Kommen nicht bemerkte. Ein kleiner Trost für die Unerreichbarkeit der königlichen Tiziana. Ich ließ mich in den Pool gleiten und schwamm und litt ein wenig, daß ich im eigenen Garten nicht nackt sein konnte wegen des Personals. Das Paradies hat seine Tücken. Ich schwamm so lange, bis ich wieder zufrieden war, bis ich Hunger bekam und an altes Brot mit frischem Olivenöl dachte. Wenn die Gäste abgereist wären, würde ich ins gute alte Europa fliegen. Die Frau mit dem Körper einer Göttin würde meine restlichen Romane und vielleicht sogar meine Essaybände lesen, während ich mich mit Nadja in Südfrankreich träfe. Dort würde es keinen Reichtum und keine Pools geben, nur Eidechsen und Eidechsenliebe. Und altes Brot mit Öl.

Ich stieg aus dem Wasser, griff zu einem weichen großen Tuch und frottierte erfrischt meine dichten dunklen Haare.

War ich noch bei Trost? Ich habe keine dichten dunklen Haare. Ich habe keine Villa in der Karibik. Ich hätte gerne dichte dunkle Haar, das schon. Aber kein Haus in den Tropen. Das wäre das letzte, was ich haben wollte. Vom Personal ganz zu schweigen. Ein Albtraum. Von der sizilianischen Tiziana einmal abgesehen. Zehn Minuten am Rand eines Schwimmbeckens langweilen mich tödlich. Ein solches Leben würde ich keine drei Tage aushalten. Badende Beauties sind nicht der Gegenstand meiner erotischen Wünsche. Sie lesen nicht meine Bücher. Longdrings mit Eiswürfeln mag ich nicht. Mir reicht kalter Weißwein.

Und doch hat man diese Szenen im Kopf. Da stimmt doch was nicht. Man malt sich ein Leben aus, das man nicht führen möchte. Da muß eine Schraube locker sein. Das Bild vom untergetauchten Betrüger ist so fest mit tropischen Bungalows und Swimmingpools verbunden, daß man sich selbst in seiner Rolle als untergetauchter Betrüger gar nicht anders vorstellen kann.

Geknickt kehrte ich von meinem Besuch bei den Anwälten in meine armselige Behausung zurück. Immerhin hatte ich tatsächlich 4 oder 5 Millionen auf nicht ganz unraffinierte Art zusammengetragen. Das war kein tropisches Vermögen, aber doch eine Summe. Ein Mann mit 5 Millionen auf seinen Konten muß nicht in einer zu engen Zweizimmerwohnung in einem unschönen Haus in einem Stadtteil ohne Charme leben. Gut, ich hatte keine Zeit gehabt in den letzten Wochen, an eine sogenannte Verbesserung zu denken, die nun möglich war. Doch umziehen ist mühsamer als schreiben. Lieber drei Bücher machen als einen Umzug. Auch zum Umziehen brauche ich Druck.

Ich hatte damit gerechnet, daß dieser Druck entstehen würde, wenn ich mich den geballten Forderungen der Verlage entziehen müßte. Drohende Prozesse würden mir die Energie verleihen, meine Sachen zu packen und zu verschwinden. Ich hatte noch nicht näher darüber nachgedacht. Keine Zeit dazu. Ich wollte das mit Nadja besprechen. Sie hatte gute Ideen. Sie hat mir das schließlich alles eingebrockt. Natürlich war nicht ernsthaft die Karibik oder Lateinamerika mein Ziel. Ich bin nicht völlig verrückt. Das Swimmingpool-Dasein war ein Bild, das irgendwo in meinem Kopf steckte, wie ein Fernsehwerbespot, an den man sich gelegentlich erinnert.

Die Träume, in denen ich schwelge, sehen anders aus. Nicht ganz so vom Dutzend. Auch kindisch natürlich, aber ohne Swimmingpool. Frauen kehren zurück und sagen, daß das Leben mit mir am schönsten war. Feindinnen versöhnen sich. Für nichts ist es in diesen Träumen zu spät. Die Erfolgsträume sind immer literarische Triumphe. Kritiker leisten Abbitte. Wie hatten sie mich so verkennen können. Das neue Buch hat ihnen die Augen geöffnet. Wie hatten sie so viele Jahre übersehen können, daß unter dieser scheinbar kunstlosen Sprache, hinter den Zoten und den leicht hingeworfen wirkenden Sätzen wahre Poesie und wirkliche Erkenntnisse versteckt waren. Wie hatten sie auf das prätentiöse Gefrömmel mancher meiner Kollegen reinfallen und meine Bücher als banal und literarisch bedeutungslos abtun können. Die modernen Gegenwartsromane, deren Fehlen sie seit Jahren beklagten, ich hätte sie geschrieben, und sie hätten es nicht bemerkt. Vergebung. Tief senkt der Abgesandte der Literaturkritik sein Haupt. Ich tausche Blicke mit Nadja und Tiziana und meinen drei geschiedenen Frauen, die gerade zu Besuch sind. Il trionfo della stanca penna, sagt Tiziana stolz und drückt begeistert meinen Arm mit ihren braunen sizilianischen Händen. Le Fück! sagt Nadja, wenn es so ist, muß ich deine Bücher noch mal lesen. Jetzt schnappt er sicher über, sagen meine geschiedenen Frauen im Chor und drehen die Augen zum Himmel. Gehen Sie jetzt, es ist gut, sage ich zum Abgesandten, machen Sie sich keine Gedanken, möglicherweise hat erst Ihre Mißachtung und die Ihrer Kollegen jene Verärgerung in mir ausgelöst, die nötig ist, um substantielles Zeug zu schreiben. Darf ich den Satz zitieren, fragt der Abgesandte, ich nicke, und Nadja, die Eidechse, züngelt und bringt den Mann zur Tür.

Träumen dieser Art hatte ich mich in den letzten Wochen nicht hingeben können, weil ich nichts schrieb. Nur beim Schreiben halte ich mich mit solchem Unsinn bei Laune. Eine Vorstellung aber hatte sich mir doch immer wieder aufgedrängt. Egal ob an unrealistischen Swimmingpoolrändern auf Karibikinseln oder in Uruguay, ob im Dreck von Bombay oder Mexico City: Immer wieder sah ich mich nach heimischen Zeitungen Ausschau halten und darin blättern, mit jener nervösen Neugierde, mit der man als Autor nach einer

Rezension sucht. Wo steht sie? Und dafür hat man sich verausgabt! Man fängt an zu lesen. Sie ist wieder einmal kleiner, als man dachte. Die Überschrift verrät den Tenor noch nicht. Man hat keine Ahnung. Man wird sich dieses Urteil jetzt zu Gemüte führen. Man kann sich nicht wehren. Man kann nicht Einspruch erheben. Es gibt keine Revision. Die Spannung ist unvergleichlich. Die Kritik läßt sich Zeit. Sie holt aus. Nach zwanzig, dreißig Zeilen ist noch völlig unklar, ob man schließlich umarmt oder getreten werden wird. Oder bleibt das so wischiwaschiwindelweich?

Es gibt angeblich Autoren, die die Kritiken ihrer Bücher nicht lesen. Unbegreiflich. Die inbrünstige Wut, die das Gemaule der großen und kleinen Schergen erzeugt, würde ich mir nie entgehen lassen. Schon gar nicht die seltene Beglükkung durch eine gut formulierte Sympathieerklärung, mit der man sich eine wieder Weile über Wasser halten kann.

Es war kein Buch von mir erschienen, es würde also keine Rezensionen geben. Das war bitter. Wenn man viel schreibt, ist man daran gewöhnt, daß viel über einen geschrieben wird. Wird dieser Kreislauf unterbrochen, ist es, als existiere man nicht. Weil nichts über einen geschrieben wird, bekommt man auch nichts zu schreiben. Das darf nicht sein, wenn man vom Schreiben lebt, drei geschiedene Frauen versorgen und Nadja, der Eidechse, ab und zu eine neue Eidechsenhaut spendieren muß, wenn man mit ihr gelegentlich in den Süden zu den Eidechsen fahren und dort frisch und kalt gepreßtes Olivenöl kaufen will, von dem der Liter auch in der abgelegensten Ölmühle unter 16 Mark nicht zu haben ist. Also muß es immer weitergehen. Dieser Wahn hält das Räderwerk der Kultur in Schwung und steigert die Produktion ins Unüberblickbare. Ich hatte mich immer über diese Zwänge mokiert. Nun wurde ich melancholisch. Das alles würde bald vorbei sein. Geld war genug da – und damit die Zeit für meinen Abgang.

17

Wie immer im Sommer erwachte ich gegen 5 Uhr und war sofort munter. Am Abend zuvor hatte ich einen Tiefpunkt gehabt. Meine Selbstbezichtigungen hatten schon fast etwas Pietistisches. Als mir das einfiel, mußte ich lachen. Denn an den Pietismus hatte ich seit vielleicht 10 oder 15 Jahren nicht mehr gedacht. Ich war sicher: In meinen zwanzig Büchern kam keinmal das Wort »Pietismus« vor. Wozu auch. Plötzlich war das Wort da, wie eine Ansichtskarte, die Jahre in einer Schublade überlebt hat. Witzige intime Grüße – aber von wem?

Als Student hätte ich eine Stunde lang über den Pietismus einigermaßen vernünftige Sachen sagen können, heute würde ich nach einer halben Minute ins Schwimmen geraten. Damals tat ich mich leicht, denn meine simple Methode war es, vor allem die Lehrmeinung anzuzweifeln und den Zweifel als höchstes Gut zu preisen. Eigentlich, fiel mir ein, und das erheiterte mich, hatte ich als Autor jahrelang davon gelebt, meine Zweifel zu verkaufen. Zweifel im Angebot. Wer hat noch keine? Schöne, frische, knackige Zweifel! Fangfrisch, erntefrisch, ofenfrisch, pflückfrisch, nußfrisch, quellfrisch, aprilfrisch, neujahrsfrisch. Zweifel an der Eisenbahn, am Telephon und am CD-Player. Daß ich mit dem Zug fuhr und telephonierte und CDs spielte und das auch bekannte, machte meine Argumente besonders authentisch, ehrlich, überzeugend – und selbstironisch abgesichert. Selbst mit dem Zweifel an Schulterpolstern in Damenblusen hatte ich Geld verdient, und jetzt waren also 37 verschiedene Zweifel angesagt, die mit dem Jahr 2000 zu tun hatten: Zweifel an Sekt wie Champagner, Zweifel an der Angst und am Vergnügen, Zweifel an der Brot-statt-Böller-Mentalität, Zweifel an der Zukunft und vor allem an der Vergangenheit.

Wehmütig blickte ich auf die Liste mit den verabredeten Themen. »2000? Alles vorbei!« Daran konnte ich mich nicht erinnern. Klang wie ein ganz übler Silvester-Schlager. Ich versuchte zu entziffern, was ich damals bei dem Verlagsgespräch notiert hatte, und dann fiel es mir ein. Das Buch sollte sich gegen die Rechthaberei der Zahlentüftler wehren, die sich wichtig machten, indem sie behaupteten, das Jahr 2000 beginne erst am 1. Januar 2001, eine These, die mich zur Weißglut brachte, denn wenn ich etwas noch mehr hasse als Endzeitgeraune und Aufbruchstimmung mit Sektkorkenknallen zusammen, dann ist es die Wendung »rein mathematisch«. Tut mir leid, das finde ich faschistoid. Basta. KZ-Sprache. Ich meinem Buch, so das Konzept, werde die Gegenthese aufgestellt. Das war die Marktlücke. Das große Silvester war schon vorbei. Die ersten beiden Sätze des Buches sollten lauten: »Wenn man vom Tag des Weltuntergangs rückwärts rechnet, kommt heraus, daß das Dritte Jahrtausend schon am 1. Januar 1999 unbemerkt begonnen hat. Die Rechenmethode nennt sich unreine Subtraktion.«

Die originellsten Zweifel am Jahr 2000 stammten leider weder von den faschistoiden Mathematikern noch von mir, sondern von einem Historiker aus Regensburg. Der Mann behauptete, beziehungsweise belegte, daß am 1. Januar 2000 erst der 1. Januar 1729 sein würde. 271 Jahre im Mittelalter hätten nämlich gar nicht stattgefunden. Es gäbe für diesen Zeitraum keine Primärquellen. Nur völlig unzuverlässige Sekundärdokumente. Gewissenlose Rückdatierungen unfähiger Mönche. Eine Schlamperei ohnegleichen in den Klöstern damals. Noch 271 Jahre bis 2000. Schade, daß er das ernst meint.

Schade, daß ich »Zweifel 2000« nicht im Programm hatte. Mein Leib-und-Magen-Thema! Ich notierte den Titel sofort auf meiner Liste der potentiellen Themen, ein Reflex, den ich mir in den letzten Wochen angewöhnt hatte und den ich noch nicht abstellen konnte, obwohl es jetzt doch längst zu spät war, weitere Verträge abzuschließen.

Was den Pietismus betraf, so hatte ich seinerzeit bei meinen Professoren vermutlich einen ähnlichen Eindruck hinterlassen wie jener eigenartige Historiker. Ein Bleiben und

Forschen an der Universität hätte mich sonderbar gemacht. Ich war damals nicht so kühn gewesen, die Existenz des Pietismus zu leugnen, aber ich zweifelte alles an, was man ihm nachsagte. Vom Pietismus hieß es, er sei ein protestantischer Ableger, er habe jene typischen selbstquälerischen Autobiographien hervorgebracht wie den Roman »Anton Reiser« des vom saturierten Goethe so schmählich behandelten Carl Philipp Moritz. Ich mochte das Buch, behauptete aber, die Selbstquälerei hätten die Katholiken ebenso drauf, ganz schlimm die Russisch-Orthodoxen, wie man an Dostojewski sehen könne, aber auch die Juden quälten sich mächtig ab – kurz alle, die je mit der idiotischen Bibel in Berührung gekommen seien, wie man an den Muselmanen sehe: Die nämlich quälten lieber andere.

Die widerwärtige Tendenz zur Selbstquälerei hatte ich am Vorabend wieder an mir beobachten müssen. Ich war dagesessen wie der erbärmlichste Melancholiker. Wenn Nadja mich gesehen hätte, hätte sich mich als heiligen Antonius verhöhnt und ihren Eidechsentanz vor mir aufgeführt. Wir hätten eidechsenmäßig gefickt, aber meine Trübsal wäre davon nicht von mir gegangen, so tief saß sie. Ich hätte nachts an die Decke gestarrt, Nadja hätte mich in die Rippen gestoßen, um eine neue Eidechsenrunde einzuläuten, ich aber wäre in der restlichen Nacht für die tollste Lust verloren gewesen. Gut, das ist legitim, wenn man Geldsorgen hat. Ich aber haderte, weil ich zwar betrügen, die Früchte des Betrugs aber nicht genießen konnte. Ich war ein Betrugsversager. Und vielleicht noch schlimmer: Ich war ein Trinkversager. Jeder gesunde Mensch betrinkt sich, wenn er verzweifelt und genießbarer Alkohol verfügbar ist, geht zu Bett, schläft lang seinen Rausch aus, erhebt sich am späten Vormittag, nimmt ein oder zwei Kopfschmerztabletten zu sich – und schon sieht alles anders aus. Ich hatte meinen geliebten eiskalten Weißwein literweise im Kühlschrank stehen, goß mir ein Glas ein, redete mir gut zu – und trank nicht. Ich kann nicht trinken, wenn ich schreibe, ich kann nicht trinken, wenn ich am Boden bin. Ich kann nur trinken, wenn ich lustig bin. Gut, dann werde ich noch etwas lustiger, aber das wäre nicht nötig.

Gegen trübe Gedanken hilft mir ein Gang durch die Stadt am frühen Morgen. Großstadt 2000. Was Berlin und Hamburg betraf, hatte ich ähnliche Titel im Programm. Beide Verlage wollten etwas von mir haben, um gegen den Rummel durchgeknallter Bürgermeister zu »löcken«, wie der Hamburger Verlagsmensch selber ganz bürgermeisterlich-ratsherrenhaft gesagt hatte. Wenn ich wirklich etwas schriebe, würde ich Großstädte, die sich für das neue Jahrtausend herausputzen, als lächerliche Spießer, die Besuch erwarten, beschreiben. Großstädte zwischen halb fünf und sechs im Sommer gefallen mir allerdings gut. Sogar meine eigene mag ich um die Zeit. Keine originelle Vorliebe. Die erwachende Stadt. Ein einziges Chanson. Trotzdem gut. Chansonsänger sind nicht unterwegs. Nur Zeitungsausträger und ich.

Am Bahnhof kaufte ich mehrere Zeitungen und Zeitschriften, obwohl ich die wichtigsten abonniert hatte. Ich gab nicht acht, was ich bezahlte. Obwohl ich zu Hause noch altes Brot hatte, leistete ich mir zwei frische Brötchen. Sie kosteten fast zwei Mark, und ich ärgerte mich über den hohen Preis. Als mir einfiel, daß ich fünffacher Millionär war, wurde ich mir peinlich.

Vor zehn kommen Verlagsleute nicht in ihre Büros. Das wäre gegen die intellektuelle Ehre. Vor elf rufen sie nie Autoren an. Ihr Bild vom Autor als Langschläfer ist unverrückbar. Autoren sollen Termine ein bißchen überschreiten und nicht frühmorgens arbeiten. Das ist verdächtig. Elemente der Boheme müssen erhalten bleiben. Auch im nächsten Jahrtausend. Egal, wann das anfängt.

Ich war daher überrascht, als kurz nach neun das Telephon läutete und ein Verlagsmensch am Apparat war. Es war Mitte Juni, und die Verlage fingen langsam an, bei mir nachzufragen, wie es aussehe. Gut, sagte ich jedesmal. Von meinen Krisen als Betrugsversager abgesehen ging es mir auch gut.

Sie haben sicher noch geschlafen, Entschuldigung.

Nicht direkt, sagte ich, mit einem Ansatz eines unterdrückten Gähnens. Es konnte nicht schaden, wenn er es glaubte. Zwar war ich nicht müde, aber ratlos. Ich hatte seinen Namen nicht verstanden, erinnerte mich nicht mehr an seine Stimme und vor allem nicht an den Titel des Buchprojekts. Ich schielte nach meiner Liste, unauffällig, als könne er mich beobachten. Als mir einfiel, daß er das nicht konnte, nahm ich die Liste, beugte mich über sie, las die 37 Titel rauf und runter und hatte keine Idee. Er erkundigte sich nach dem Buch, und ich sagte zur Abwechslung mal nicht: Gut, sondern: Gott, ja ..., und er antwortete mit einem rätselhaften: Kann ich mir vorstellen.

Ich konnte ihn schlecht fragen, der Verleger welchen Verlags er war oder wie das Buch hieß, das ich für ihn – Gott, ja – schrieb. Unangenehmerweise war er auf der Durchreise und wollte mich unbedingt treffen. Ich sagte völlig überzeugend, daß es überhaupt nicht passe: Denken Sie an unser Buch! sagte ich. Jede Stunde ist kostbar! Ich denke an das Buch, sagte der Verleger, es geht um das Buch, ich muß mit Ihnen reden. Das klang nicht bedrohlich. Ich wurde nachgiebiger. Er entschuldigte sich plötzlich, stellte sich mir vor, er sei der neue Verlagsleiter, es hätte Veränderungen gegeben, der Verlag sei übernommen worden, ich hätte damals mit einem Lektor zu tun gehabt, guter Mann, aber nicht mehr da. Er wurde eindringlich, bestand jetzt fast darauf, daß ich mich mittags von ihm zum Essen einladen lasse, als sei er mein Chef, was mich sofort wieder kalt werden ließ. Man darf nicht über mich verfügen wollen. Als er aber sagte: Es wird zu Ihrem Schaden nicht sein, stimmte ich zu.

Ich war sicher, daß er mir das Buchprojekt ausreden wolle. So klang es. Da auch ein Verlag sich mit dem Vertrag verpflichtet, nämlich das vom Autor verfaßte Werk als Buch herauszubringen, dafür zu werben und so weiter, würde er mir den Rest des Honorars auszahlen müssen. Ich konnte nur hoffen, daß ich das Projekt mit einer hohen Summe abgeschlossen hatte. Ich hoffte das, obwohl es mir völlig egal war, ob ich 4,5 oder 5,5 Millionen auf meinen Konten liegen hatte, und es keinen Unterschied machte, ob da nun 30 oder 80 Tausend dazukämen. Wenn man nichts produziert, ist die einzige Befriedigung offenbar das Anhäufen von Geld.

Über Geld sollte ich, wenn der Zirkus vorbei war, ein Buch schreiben, auch wenn ich unten durch war und kein Verlag es mehr drucken würde. Dann sollte ich eben zum ersten Mal ein Buch nur für mich schreiben, was ich natürlich nicht tun würde. Denn das, was mich schreiben läßt, was die müde Feder weckt und mich bis nachts um zwei am Schreibtisch festhält und ab früh um vier, halb fünf schon wieder gebannt den Bildschirm des Laptops beobachten läßt, wo Sätze entstehen, die ich mehr lese als schreibe – dieser Energieschub wird zum einen aus der Honorarerwartung gespeist, zum anderen aus der Erwartung von Resonanz. Keine Zeile könnte ich schreiben, wenn ich nicht wüßte, sie wird gedruckt und gelesen und es wird darüber geschrieben. Auch das Buch über die Liebe, über die ebenso urige und moderne Eidechsen-Liebe, die mich mit Nadja verband und über die ich mir nur schreibend klar werden konnte, würde ich ohne Aussicht auf Echo nicht schreiben können.

Die Frage, um welches Buchprojekt es sich handelte, von dem in einigen Stunden in einem ungemütlich kleinen und ungemütlich feinen Restaurant die Rede sein würde, verscheuchte die trüben Gedanken nach meiner schriftstellerischen Zukunft. Nicht schlecht wäre es, wenn ich es bis zum Schluß nicht herauskriegen würde. Ein Spiel mit verdeckten Karten. Ein Verleger redet einem Autor ein Buch aus, an das sich dieser nicht mehr erinnern kann.

Gedächtnis 2000? Gedächtnis 3000? Da ich nie Sciencefiction gelesen habe, hatte ich keine entsprechenden Horror-Bücher mit entsprechenden Visionen im Programm. Auch das eine Lücke. Da es in Zukunft immer mehr Vergangenheit und also immer mehr Informationsballast für das Gedächtnis geben wird, hätte ich kühn prognostizieren können, würde man sich zu Beginn des 4. Jahrtausends nur noch maximal ein bis zwei Minuten zurückerinnern können. Bleibt nur zu hoffen, daß bis dahin das Gedächtniserweiterungslutschplättchen serienreif ist, mit dem die Kapazität des Gehirnspeichers erweitert werden kann: Man nimmt das wahlweise nach Pfefferminze oder schwarzer Johannisbeere schmeckende Plättchen in den Mund und preßt es mit der Zunge gegen den Gaumen. Über die Schleimhäute wird der Kontakt zum Hirn hergestellt – komprimierte Daten werden konvertiert, nach ein paar bangen Sekunden des Downloadens ist der Arbeitsspeicher aktiv, und plötzlich erinnert man sich wieder, was vor sechs Wochen war, wer der Mensch einem gegenüber ist und warum man mit ihm zusammensitzt.

18

Fast bedauerte ich es, daß mir dann doch ziemlich bald einfiel, um welchen Verlag und welches Buch es sich nur handeln konnte: »Krieg und Frieden 2000«. Ich hatte für die Kriegsbücher eine eigene Liste angelegt. Da der Krieg dann doch nicht so lange dauerte, wie man befürchtet hatte, war es bei drei Büchern geblieben, die mir ebenso entglitten waren wie dieser Krieg auf dem Balkan, der wochenlang alle Menschen beschäftigt hatte und der, kaum vorbei, in Vergessenheit geraten war. Wer gegen die Luftangriffe der Nato auf Serbien die Stimme erhoben hatte, war jetzt lieber still, denn die Bomben hatten den Krieg zwar begonnen und das Schlachten im Kosovo verstärkt – dann aber eben auch das große Schlachten beendet. Wer für die Bomben gewesen war, hütete sich vor einem Triumph, denn Gewinn und Schäden waren noch nicht berechnet.

Der Krieg auf dem Balkan hatte auch mich in mehrfacher Hinsicht beschäftigt. Er hatte mich – ich sage es ungern, ich gebe mich lieber gelassen – aufgewühlt, wie jeden vernünftigen Menschen. Er legte einen Schatten auf meinen schwunghaften Handel mit den Phantombüchern. Angesichts der Bomben und Massaker war es seltsam, etwas gegen die Unsitte der Champagnersauferei an Silvester zu schreiben oder zu verabreden.

Ich mußte viel Zeitung lesen und fernsehen, um Ideen für meine absurden 2000er-Bücher zu sammeln. Nachdem ich Berichte über Greueltaten auf dem Balkan gesehen, gehört oder gelesen hatte, fiel es mir oft schwer, meine belanglosen Fest-und-Feier-Themen so lange hin und herzuwenden, bis ich mit den Verlagen einig war. Ich hätte meine große Betrugsphase lieber zu einem weltpolitisch unbelasteteren Zeitpunkt gehabt.

Zu Beginn des Krieges war jedes Verlagsgespräch von Skrupeln auf beiden Seiten begleitet. Eigentlich kann man so ein Buch im Augenblick gar nicht schreiben, sagte ich oft, und obwohl ich doch wußte, daß ich das Buch nie schreiben würde, war das immer wieder ein ehrlicher Satz. Und immer wieder mußte ich mir von den Verlagen nach einem kleinen Stöhnen den dummen Spruch anhören, der mich dann wieder hart machte: The games must go on!

Ich war meinen »Kriegsbüchern« fast dankbar gewesen, weil sie kein luxuriös-sophistisches, sondern ein wirklich ernsthaftes Konzept hatten. Alle anderen Bücher waren völlig unnötig und lohnten nicht wirklich einen Gedanken. Der Krieg auf dem Balkan war wenigstens eine Überlegung wert. Was diesen Krieg betraf, konnte auch ich mich dem Gedanken an das Ende des Jahrtausends nicht entziehen, den ich sonst professionell verhöhnte. Auch ich schüttelte den Kopf, und die vertraute Wendung legte sich auf meine Zunge: Am Ende des 20. Jahrhunderts – diese Barbarei! Der Satz kam mir nur deshalb nicht über die Lippen, weil ich mich so oft über ihn lustig gemacht hatte. Manche Leute befürchteten eine längere Dauer des Krieges nicht wegen der Menschen, die unter ihm litten, sondern weil dieser häßliche und dreckige Krieg keinesfalls in den Beginn dieses frischen, blitzblank strahlenden Jahrtausends hineinragen sollte. Dieser funkelnde, pünktlich am 1. Januar 2000 ausgelieferte Neuwagen, ein Modell, auf das die Autonarren schon seit Jahren gierig warteten, sollte ohne Schramme, ohne Schlamm- oder gar Blutspritzer vom Vertragshändler vorgefahren werden. Bei dieser Vorstellung fiel mir sofort der Titel zu einem moralischen Kitschroman ein, den ich mit einem Kitschverlag hätte abschließen sollen: »Jahrtausende sind nur geliehen«.

Selbst in mein Liebesleben mit Nadja hatte sich der Krieg gedrängt, der jetzt so spukhaft von der Bildfläche verschwunden war. Nadja war mit ihrer ganzen Dritte-Welt-Greuelarroganz dahergekommen: Was auf dem Balkan geschehe, sei nichts gegen das Schlachten in Afrika! Dort hätte keine Großmacht eingegriffen. Tausendmal mehr Massaker, tausendmal grausamer! Da sie aus Kenia kam, konnte man wenig dagegen sagen. Sie war aber so unerbittlich und verkleinerte das Balkandesaster derartig, daß ich ganz reaktionär wurde und sagte, es sei völlig normal, sich nicht um alles Elend der Welt zu kümmern, sondern bevorzugt um das, was vor der Haustür geschehe und einen sozusagen belästige und beleidige. Nazi! nannte sie mich natürlich und war eine Viertelstunde wütend auf mich.

Auch mit manchen Verlagen hatte ich wegen des verdammten Kriegs Schwierigkeiten. Das Thema war heikel. Dieser Krieg, klagte ein Verleger, der angefragt hatte, ob ich mir vorstellen könne, ein faires Buch zu diesem schrecklichen Ausbruch der Barbarei zu machen, ist doch unbegreiflich. Heute! 1999! Wenige Monate vor der Jahrtausendwende! Das fand ich auch, aber diese verzagte Art in Verbindung mit naiven Millenniumserwartungen reizte mich zum Widerspruch, und aus dem Stand überfiel ich den armen Mann mit einer Erklärung, an die ich schließlich selbst fast glaubte: Die uns so unerklärlichen Kriege würden erzeugt durch ein Bedürfnis nach Druck. Bei einem Mangel an Druck gehe nichts weiter. Bildende Künstler malen nicht, Autoren schreiben nicht. Die Wirtschaft dümpelt. Ein Beispiel aus dem privaten Haushalt gefällig? Das geflickte Auto oder der klassische Dachschaden. Immer wieder regnet es rein. Das Auto schlingert. Man behilft sich mit Provisorien. Man scheut die Mühe, solange es irgendwie geht. Erst der Unfall, der Orkan, die Katastrophe erzeugen den Druck, der Energie verleiht. Ist erst alles kaputt, sagte ich und dachte an mein eigenes, dahindümpelndes Leben, fällt es leichter, sich zur Reparatur aufzuraffen. Ein Krieg sorgt für Aufbau nach der Zerstörung. Es geschieht wieder etwas. Es wird in die Hände gespuckt. Vielleicht werden Kriege von Herrschern maroder Staaten deswegen provoziert. Was besseres fällt ihnen nicht ein, damit es danach wieder aufwärts geht.

Ganz schön zynisch, sagte der Verleger, schwieg beleidigt oder bedenklich und setzte leise hinzu: Wenn das nur kein zweites Vietnam gibt. Warum demonstriert denn keiner? Man könne zwischen Gut und Böse nicht mehr unterscheiden, klagte er dann, und ich schlug ihm vor, er solle seinen Verlag in Gut & Böse umbenennen: Ein wirklich ungewöhnlicher Verlagsname: Gut & Böse. Er konnte nicht darüber lachen, meinte aber, man könne das Buch »Gut und Böse« nennen, der Untertitel müsse klarstellen, daß sich nach 2000 Jahren ein Unterschied auflöst. Ich dürfe bitte nur nicht so saloppe Urteile fällen, eben weil man nicht wisse, welche Seite recht und welche Unrecht habe.

Damit war er bei mir an der falschen Adresse. Ich hatte bei dem Thema Krieg eine Beißhemmung, was die finanziellen Forderungen betraf. Dafür würde ich beim Schreiben beißen wollen – wenn ich denn schriebe: Noch unterscheidet sich ein Autor von einem Diplomaten, sagte ich. Wenn Leute wie dieser Gut-&-Böse-Verleger kleinlaut sind, werde ich aus Trotz übermütig: Ich habe das Militär immer verabscheut und als Autor verunglimpft, wo ich nur konnte, fuhr ich fort, und finde es immer noch eine der übelsten Institutionen. Die Bomben auf Serbien aber sind richtig, sagte ich fest. Sollen sie meinetwegen das Land dieser von ihrem Amselfeld lallenden Irren in Schutt und Asche legen.

Ich bitte Sie! Der Gut-&-Böse-Verleger versuchte mich zu stoppen und erinnerte an den fehlgeleiteten Nationalismus auf dem Balkan als Ursache des Desasters. Man müsse – behutsam, wie er sagte – die Ursachen des Nationalismus untersuchen.

Es interessiert mich nicht, wo der serbische Nationalismus herkommt, rief ich. Auf den Nationalismus könne man nicht genug Bomben schmeißen. Weg mit ihm! Weg mit jedem nationalen Identitätsgefühl!

Halt, rief der Gut-&-Böse-Verleger, aber ich war nicht mehr zu bremsen. Natürlich seien auch die Kosovo-Albaner Nationalisten, aber die sähen besser aus. Einer hübscheren Frau sehe man einen Charakterfehler auch eher nach als einer häßlichen. Die Serben seien häßlich. Verdruckste Visagen. Vor Ausbruch dieses widerwärtigen Krieges hätten im Kosovo 90 Prozent Albaner und 10 Prozent Serben gelebt. Im Verhältnis dieser Zahlen sei ich in diesem Krieg zu 90 Prozent gegen die häßlichen Serben und zu 10 Prozent gegen die nicht ganz so häßlichen Albaner.

Ich wußte nicht, daß Sie Rassist sind, ich glaube, wir machen das Buch besser nicht, hatte der Verleger entsetzt gesagt und dann grußlos aufgehängt.

Im Fall des Buchprojekts »Krieg und Frieden 2000« hatte ich mich in dem Gespräch mit dem Lektor offenbar etwas disziplinierter verhalten, und es war zu einem Abschluß gekommen. Und nun, zwei oder drei Monate danach, war ich mittags um eins friedlich mit dem neuen Verlagsleiter verabredet. Er war mir zu jung. Verlagsleiter, die knapp über 30 sind, kann ich schwer einschätzen. Ein Wunderkind mit Riecher? Oder eine Null, die nicht ahnt, daß die Konzernspitze schon über die Abfindungssumme nachdenkt? Ich bestellte nur Salat und Wasser. Wenn ich voll in der Arbeit stecke, esse ich nicht viel, sagte ich. Ich auch, sagte er. Seine Solidaritätsbekundung war naiv. Ich sprach begeistert über »Krieg und Frieden 2000«, der Text entwickle sich prächtig. Der erste Satz schiene mir besonders gelungen.

Er fragte nicht nach, was ich taktlos fand. So mußte ich meinen Satz unaufgefordert loswerden, den einzigen, den ich mir tatsächlich notiert hatte und mit dem das Wichtigste gesagt war: »Nicht dieser Krieg am Ende des Jahrhunderts ist überraschend, sondern das schnelle Heilen der Wunden.«

Die Null oder das Wunderkind heuchelte nicht einmal Zustimmung. Das war ehrlich. Beim Espresso faßte er Mut und fragte mich, worauf ich gewartet hatte: Ob ich mir vorstellen könne, das Buch nicht fertigzuschreiben. Eben weil die Wunden des Krieges geheilt seien, interessiere es nicht mehr.

Damit zwang er mich, meinen vorlauten ersten Satz zu relativieren und zu präzisieren: Das mit den geheilten Wunden gelte nur für uns Fernseh-Kriegsbeobachter. Im übrigen muß man Wunden eben manchmal offenhalten, sagte ich. Diesem

Musterschüler gegenüber leistete ich mir diese schwülstig-naseweise Bemerkung.

Er überraschte mich aber dann doch mit einem Vorschlag, den er im folgenden mit einer Begeisterung ausführte, die ich ihm nicht zugetraut hatte: Vergessen wir mal den Krieg, sagte er: Offene Wunden, geschlossene Wunden, das kauft im Herbst kein Mensch mehr. Soeben mache das Buch eines Großschriftstellers von sich reden. Mein Jahrhundert. Genial hybrider Titel. Dieser Titel müsse übertroffen werden. »Mein Jahrtausend«. Die ultimative Steigerung. Er machte eine Pause. »Mein Jahrtausend«. Ich sah ihn an Verkaufszahlen denken. Er seufzte genüßlich.

Es ist Anfang Juli, sagte ich. Seine Antwort war: Der Verlag ist von einem der vitalsten Konzerne übernommen worden. Ein Hinweis darauf, daß Geld keine Rolle spielen würde, daß mit Geld alles gemacht werden kann. Auch Jahrtausendbücher in wenigen Wochen.

Sie trauen mir einiges zu, sagte ich. Er nickte kurz, wie um keine Zeit mit langem Lob zu vergeuden, und schilderte den Plan. Der Großschriftsteller hatte sich für jedes Jahr des Jahrhunderts eine Figur gesucht, aus deren Warte ein Aspekt geschildert wurde. Dieses Prinzip müssen Sie übernehmen, parodieren und übertreffen, befahl er.

Ich parodiere keine Kollegen, sagte ich. Und schon gar nicht Großschriftsteller, auf denen alle herumhacken. Ich bin kein Mitglied einer Meute.

Dann nennen Sie es Anspielung, sagte er etwas entnervt. Der Titel habe eine parodistische Note, mehr nicht. Nichts gehe zur Zeit besser als Parodie plus Jahrtausendthema. Alle wollen dieses Thema, aber keiner will es ernst nehmen. Genau dafür sind Sie der richtige Mann.

Der junge Verlagsleiter entwickelte seinen Plan: Ich habe einen Stab von Zuarbeitern. Ich brauche nicht zu recherchieren. Ich werde mit den besten – Informations-Konzentraten, sagte er – zu jedem Jahr des Jahrtausends versorgt. Meine Aufgabe bestehe darin, aus eintausend kompakt formulierten

Summaries – während er das sagte, ballte er die rechte Hand zur Faust –, die nicht länger sein würden als eine Schreibmaschinenseite, jeweils einszweidrei Sätze zu machen und sie irgendeiner echten oder erfundenen Figur in den Mund zu legen, literarisch, aber klar und deutlich. Das sei mein Talent. Das mache mir keiner nach. Figuren reden lassen. Klar und deutlich. Schön easy. Das mache ich doch mit links. Erscheinungstermin Buchmesse. Wums! Zack! Der Hammer. Der Knaller. Ein Schnellschuß. Der gottverdammte Millennium-Superhit. Er wurde derb: Die Totalverarsche aller anderen Bücher zu diesem schwachsinnigen Anlaß.

Welcher anderen Bücher? fragte ich. Er zählte ein paar Titel auf: »Crash – Der Thriller für das 21. Jahrhundert«, »Bang – Ein Jahrtausend am Ende«. Sachen in der Art, sagte er angewidert und jammerte: Alle unter unserem Konzerndach.

Abgabetermin? fragte ich.

20. September. Aber Deadline! Absolut ultimo. Es ist zu spät, um zu lügen. Von Profi zu Profi. Das sind fast noch 80 Tage, beschwichtigte er, als ich ihn ausdruckslos anstarrte.

Ich mußte nachdenken, von wem der Satz »Es ist zu spät, um zu lügen« war. Ich glaube, aus einem Horrorschlager mit dem Titel »Geh nicht vorbei«.

Das machen Sie doch mit links, sagte er, und seine Stimme schnappte über. Das sind keine 20 Sprüche am Tag.

Ich hielt es für richtig, ihn weiterhin finster und unentschlossen anzublicken. Er berührte mit einem Finger aufmunternd meinen Unterarm: Sie sind doch ein Sprücheklopfer.

Ich nickte: Allerdings! 1789 Louis XV – Muß das sein? 1790 Monsieur Guillotine – Es muß sein. 1945 Adolf Hitler – Ich sagte es doch, die Juden sind schuld!

Ich wußte es, Sie sind der Richtige, sagte der junge Verleger.

Nur ein Übermensch kann in 10 Wochen so ein Buch machen, mußte ich jetzt sagen, und ich sagte es. Ich erinnerte ihn daran, daß in der Werbebranche ein ganzes Team von angeblichen Kreativen zum Aushecken eines Spruchs drei Wochen braucht. Dann wollte ich es wissen. Als ich die Zahl »eine Million« nannte, lehnte er sich zurück, trank seinen kalt gewordenen Espresso und schüttelte den Kopf, aber so eingelernt, daß ich merkte, 800 Tausend würden zu holen sein.

Er zahlte eine unverschämte Summe für zwei Salate, eine Flasche Mineralwasser und zwei Espressi. Ich tat, als würde ich jeden Moment unter der Last des eben beredeten Jahrtausendprojekts zusammenbrechen. Es konnte nicht schaden, wenn er an die übermenschliche Anstrengung glaubte, die im Fall einer Zusage vor mir lag. Im übrigen wollte ich noch etwas von ihm. Eine Dreingabe.

Meine zwei Dutzend süßen Studentinnen waren mir eingefallen. Vor nicht allzu langer Zeit hatte ich an der Universität ein Semester lang ein Gastseminar gehalten. Über Schreibstörungen. Der Chef der Fakultät, ein Kumpel aus alten Tagen, kannte meine Schreibweise: Wenn einer helfen kann, dann du. Mehr als 500 Mark für zehn Seminarstunden seien allerdings in seinem Etat nicht drin. Was für einen Professor öder Alltag sein mag, entzückte mich: Studenten etwas zu erzählen, sie mitschreiben zu sehen. Ich sagte zu und hatte Glück: kein einziger Student. Statt dessen zwei Dutzend Studentinnen, eine hübscher als die andere. Von innen herausleuchtend. Ich hatte gerade meine dritte Ehe hinter mir und schöpfte zwei dutzendmal neue Hoffnung. Mit jeder einzelnen dieser liebenswerten jungen Frauen hätte ich sofort den Rest des Lebens verbringen können. Wie zart ich mit diesen zerbrechlichen Geschöpfen schlafen würde. Behutsamste Penetration. Wenn diese nicht erwünscht, dann auch gut. Kein Bedrängen. Es waren Engel, die einen zum verständnisvollsten aller Männer machten. Alle waren nicht nur schön, sondern schlau. Und so schlank. Nur diese Schreibstörung. Sie konnten keine einzige der nötigen schriftlichen Arbeiten fertigkriegen. Es war nicht zu fassen. Typische Begleiterscheinung von Bulimie und Magersucht, sagte mein Chefkumpel. Da erst fiel mir auf, daß so viel Schlankheit abnorm war. Es gibt offenbar einen Zusammenhang zwischen Eß- und

Schreibstörungen: Man will weniger werden, leer sein, möglichst spurlos verschwinden, man will nichts hinterlassen. Vom philosophischen Ansatz her respektabel. Großartig eigentlich. Aber schade drum. Diese schönen Frauen sollten leben und schreiben. Ich beschwor sie und gab tausend Tips. Keine einzige von ihnen war in der Lage, auch nur eine dreiseitige Arbeit abzuliefern. Allmählich wurde ich ungeduldig. Ticks machen mich nervös. Ihr mit euren Wohlstandsflausen, schimpfte ich. Kaum umkurte ich sie nicht mehr, blieben einige fern. Ich wurde wieder freundlich und sagte: Vielleicht habt ihr recht, ohne Honorar würde ich auch nichts schreiben. Das könne man nicht verlangen. Ihr braucht jemanden, der euch für eine fertige Arbeit bezahlt, sagte ich. Wenn ich einen Geldgeber fände, der bereit sei, für den Kampf gegen diese Schreibstörungen etwas springen zu lassen, würde ich mich wieder bei ihnen melden. Das würde euch vielleicht heilen, schloß ich. O ja, hauchten sie, und ich notierte mir all ihre Adressen.

Dem jungen Verlagsleiter sagte ich beim Abschied am Taxistand: 800 sind in Ordnung, plus 24mal 3000 allerdings. Ich möchte, daß die Kompaktinfos zu meinen 24 Lieblingsjahren des Jahrtausends von meinen 24 Lieblingsmitarbeiterinnen erstellt werden – und die machen das nicht umsonst.

19

Wer 37 Verlage an der Nase herumgeführt hat und sich dann absetzt, über den würden die Zeitungen berichten. Empört oder amüsiert. Nach diesen Berichten würde ich irgendwo auf der Welt mit einer ähnlich belebenden Gier suchen wie früher nach Rezensionen. Der Betrüger muß wissen, was über ihn geschrieben wird.

So hatte ich mir das vorgestellt. Ein Wohlleben mit der angenehmen Spannung dessen, der gesucht wird. Irgendwo trinken und rauchen und lieben und schwimmen, ab und zu Gäste, die Zeitungen mitbringen sollen, was sie vergessen, die Egoisten. Sich dann an Bahnhöfen großer Städte und an Flugplätzen mit heimatlicher Presse versorgen. Ich sah mich an exotischen bunten Kiosken Ausschau halten. Ich hatte meine Zukunft noch nicht geplant, aber das Rascheln der Zeitungen, in denen ich blättern und nach mir suchen würde, hatte ich schon im Ohr gehabt.

Wie naiv war ich gewesen. Dieser falsche und peinliche Spot vom Luxusleben im Tropenambiente war schlimm genug, aber als Kitschphantasie, als Relikt, als Fernsehwerbungsberieselungsrückstand konnte ich mir das noch durchgehen lassen. Unverzeihlich hingegen meine Vorstellung, man werde nach mir suchen wie nach einem Großbetrüger. Als Schreiber war ich ein Profi, als Nichtschreiber eine Null. Zwar hatte ich die Verlagswelt erfolgreich getäuscht, aber die Krönung der Hochstapelei, das spektakuläre Platzen des Schwindels würde ausbleiben. Was ist das für ein Betrüger, der nicht fliehen muß, nach dem nicht gefahndet wird. Keine dunkle Sonnenbrille, kein Hut, kein Haftbefehl, keine impertinenten Verfolger an meinen Fersen, vom Bundesverband der Verleger beauftragt, mich ausfindig zu machen, kein Abschütteln dieser Figuren in Bahnhofshallen mit Hilfe von Nadja, der Eidechse, kein Auslieferungsantrag – nichts. Einmal in meinem Leben hatte ich Täter sein wollen, nun war ich, wie mir nach meinem Besuch bei den Anwälten klar sein mußte, juristisch nichts als ein Autor mit Einfallsarmut. Auch als Poet eine Null.

Ich saß in meiner lächerlichen Wohnung an meinem 1968er Studentenschreibtisch: Türplatte auf zwei Böcken. Es ist kein spartanisches Prinzip. Ich brauche zum Schreiben nicht mehr. Hier sind in zwölf Jahren zwanzig Bücher entstanden und in drei Monaten siebenunddreißig verabredet worden. Ein Dutzend gebrauchte angetrocknete Kaffeetassen in den beiden Zimmern verteilt, manche mit Asche und Zigarettenstummeln. Ich rauche beim Schreiben nicht, doch als ich mit den Verlagsleuten meinen Preis hochtrieb und sie sich in Hamburg, München, Frankfurt, Köln und Berlin Zigaretten ansteckten, hatte mich das zum Mitrauchen animiert. Ich zählte 14 schmutzige Gläser, 23 Wasserflaschen und 8 Trinkkartons mit dem Multivitaminsaft »Tropical«. Mehr Exotik brauche ich nicht. Ich dachte an die 5 Millionen, verteilt auf absurde Konten. Ich wußte damit nichts anzufangen. Ich habe keine Begabung fürs Geldausgeben. Hosen für 50 Mark stehen mir gut, mein Lieblingsgericht sind vom Vortag übriggebliebene Spaghetti, in der Pfanne goldbraun gebraten, seitdem ich Nadja kenne, sind Pizzatomaten kalt aus der Büchse hinzugekommen, sowie altes Brot mit Olivenöl. Gutes Olivenöl ist mein einziger Luxus – oder Snobismus vielleicht, Nadja rügt mich dafür. Ein Unterschied zwischen 6 Mark und 16 Mark der Liter sei nicht zu schmecken, sagt sie. Sie fettet ihr schwarzes krauses Roßhaar mit Öl. Alles kommt aus einer Flasche. Das mögen wir. Aufs Brot mit dem Öl, auf den Kopf, auf den Busen – kneten, auf den Rücken: – massieren, und dann zwischen die Beine mit der öligen Hand.

Nadja und die Liebe 2000. Es gibt so viele Arten von Liebe. Wenn ich das Buch zu schreiben hätte, würde ich erst einmal fordern, das gute alte petrarcahafte Schmachten aus den vergangenen Jahrhunderten unbedingt ins neue Jahrtausend hinüberzuretten. Denn die wüste kenianische Eidechsenliebe, gleichzeitig urig und modern, ist nichts für alle Tage. Sie ist von einer gleißenden Realität. Mir tut das gut ab und zu.

Gab es nicht bis vor kurzem Quartalsäufer? Um die ist es still geworden. Alkoholismus 2000. Hatte ich nicht auf meiner Liste. Wäre auch ein interessantes Buch. Wie sieht es mit den Räuschen im dritten Jahrtausend aus. Rückblick auf die Trinkgewohnheiten der letzten Jahrhunderte. Wo bitte sind die Quartalsäufer? Seid ihr alle tot? Das müssen doch welche gewesen sein, die sich aus irgendeinem Grund viermal im Jahr bis zum Rand vollaufen ließen. Ich verstehe euch, meine Brüder! Faire le fück mit Nadja, das ist Quartalsex. Nach zwei Wochen mit der Eidechse ist man ausgepumpt und geschunden und will ein Vierteljahr lang nicht mehr wissen, was die Liebe ist. Für jemand wie mich, der sein Leben lang die unwürdigsten Frauen nonstop angeschwärmt hat, war es eine Befreiung. Nicht dauernd diese Phantasien. Und so sicher, wie der Sommer wiederkommt, kommt auch die heiße Lust der Eidechse zurück. Nur etwas öfter zum Glück. Läufig sein. Diese Art Liebe war eine neue Erfahrung für mich. Hart. Keine Sehnsucht. Keine sentimentalen Telephonate. Keine Hysterie. Eine Erholung. Natürlich auch ein Mangel. Ich sage nur Tiziana.

Ich war nun seit zwei Monaten nicht mehr mit Nadja zusammengewesen, und langsam war es wieder so weit. Es begann sich wieder etwas in mir zu regen, wenn ich an sie dachte. Auch Zorn übrigens. Nadja war schuld an meinem Desaster. Sie hatte mich aufgewiegelt. Sie hatte mich zum Betrüger gemacht. Was hatte ich von dem verdammten Geld. Ich wollte wieder in gewohnter Hetze meine Bücher und Artikel schreiben. Das fehlte mir. Mir war die Sehnsucht abhanden gekommen.

In meiner Vertragsverhandlungshauptphase im April und Mai hatte ich Dutzende verlockender Angebote für kleinere Texte ausschlagen müssen, die ich gern geschrieben hätte. Für Anthologien mache ich gewöhnlich nichts, weil die Honorare zu gering sind. Doch da ich nun fast täglich Zigtausende einnahm, war es mir eine Art Läuterungsbedürfnis, für ein Kinderhonorar von 300 Mark einen schönen erwachsenen

Text zu liefern. Endlich einmal wieder einen Tag nur schreiben und nicht immerzu nur Inhalte von Phantombüchern zu diesem entsetzlichen Jahrtausendthema ins Telephon flöten.

Eine Verlegerin hatte mich angerufen. Sie plante ein Buch mit soundsovielen Autoren, jeder sollte irgend etwas verbieten. Ich kenne die Verlegerin und mag sie. Nie könnte ich sie betrügen. Einmal fuhr ich mit dem Rad durch die Stadt. Sie überholte mich mit dem Auto und blieb stehen. Hinten hupte es. Sie drehte die Scheibe herunter, ich bückte mich, um ihr Hallo zu sagen. Plötzlich hatte ich ihre Zunge im Mund. Sie muß eine unglaublich lange Zunge haben, denn so nah war ich nicht an ihrem Gesicht. Seitdem würde ich gern etwas für sie schreiben, wenn ich nur Zeit hätte.

Was würdest du verbieten, fragte sie. Das dritte Jahrtausend, sagte ich, nichts, was mir schon jetzt mehr auf die Nerven ginge.

Bitte, sagte sie, schreib's mir. Nun würde im Herbst ihr Buch erscheinen, ohne meinen Beitrag darin. Noch einen Text gibt es, den ich gern geschrieben hätte. Auch eine Anthologie. Eine türkische junge Männerstimme war es gewesen. Komplizierter Name. Er macht einen Sammelband. »Ausländer 2000«? fragte ich. Nä, so Scheiß nicht, sagte er. Ausländer sollen was über ihr Leben hier schreiben.

Aber ich bin doch leider keiner, sagte ich.

Doch, sagte er, Ausländer ist man nicht durch Paß, sondern durch Denken.

Das gefiel mir. Ich erzählte ihm die Geschichte, die ich ihm schreiben würde, wenn ich Zeit hätte. Eine wahre Geschichte:

Es war einmal ein Seminar. Drei Tage. Wie schreibt man Drehbücher. Ich war einer der Referenten. 60 Teilnehmer, darunter eine Frau, die phantastisch kaukasisch aussah. Eine Windsbraut. Klar: Wegen solchen Frauen hatten sich die Männer im Kaukasus und anderswo früher duellieren müssen. Ein dummes Ritual, doch jetzt begriff ich seinen Sinn. Die Kaukasierin war umschart und fing meinen Blick nicht.

Am zweiten Tag mein Vortrag. Ich gab mein Bestes. Du warst gut, sagte sie mir. Gleich per du. Ein doppelter Ritterschlag. Sie wollte Schauspielerin werden. Aus dem Kaukasus kam sie nicht, aber aus dem wilden Kurdistan, glaube ich. Bis zum Ende des Seminars saß ich neben ihr. Wir hörten den Vorträgen nicht zu. Ich malte ihr Drehbücher mit Rollen für sie aus. Ihr Vorname hatte sieben Silben, ich konnte ihn mir nicht merken. Der Familienname war noch länger. Wir tauschten Adressen. Mein Bruder schreibt auch, sagte sie, und ich erschrak etwas. Der Abschied war nicht so schwer. Es gab noch ein paar Telephongespräche, dann versickerte es. Mann kann nicht überall herumzündeln. Sie war auch zu jung. Nein, ich zu alt. Dann kam ein Kuvert. Manuskripte, nicht sehr viel, und ein Begleitbrief. Eine paar souveräne Zeilen. Die Protektion war ihm etwas zuwider, aber er nutzte sie. Sympathisch: Meine Schwester hat Sie kennengelernt und meint, vielleicht können Sie einen Blick in meine Sachen werfen und sich dafür verwenden, wenn es Ihnen gefällt. Ich warf einen Blick hinein und konnte mich nicht konzentrieren, weil ich in fünf Stunden drei Texte abgeben mußte, die alle nur zur Hälfte fertig waren. Später also. Die kaukasischen oder kurdischen oder zentraltürkischen oder von der Schwarzmeerküste kommenden Manuskripte verschwanden auf meinem Schreibtisch unter Tassen, Gläsern, anderen Papieren. Kein Einzelfall. Ein paar Wochen lang denke ich an solche Sendungen, dann vergesse ich sie. Zwei Jahre später sehe ich fern. Literatursendung. Von dem Buch eines jungen Türken wird geschwärmt, oder Kurden, entschuldigen Sie, die Nationalität ist doch egal. Der Typ sitzt in der Sendung, und ich beneide ihn richtig, so ist noch nie ein Buch von mir gelobt worden wie seines. Er hat einen unaussprechlich langen Namen, und plötzlich wird mir klar: Das ist der Bruder der Windsbraut! Vor lauter Selbstschreibeifer hatte ich seine Perlen nicht erkannt. Er hatte es sehr gut ohne meine Vermittlung geschafft, trotzdem kam ich mir vor wie eine Sau. Das wollte ich ihm schreiben, aber auch dazu kam ich nicht. Und natürlich: Wären die Manuskripte von seiner Schwester, der Windsbraut, gewesen, ich hätte den Verlagen die Türen eingerannt.

Sind Sie noch dran, fragte ich ins Telephon, entschuldigen Sie, daß ich ihnen die Ohren so vollquatsche.

Schon gut, hatte die Stimme gesagt, eine gute Geschichte. Der Bruder der Windsbraut, das bin ich.

Das war im Frühjahr gewesen. Nun war es Sommer, und der Herbst würde schneller denn je kommen. Das Buch mit den Verboten und das Buch mit den Ausländern würde ohne meine Beiträge erscheinen. Keine Bombe würde platzen. Ich würde meine 37 zugesagten Manuskripte nicht liefern, aus 37 prallbunten Ballons würde die Luft weichen, und sie würden häßlich verschrumpeln. 37 Verlage würden zeternd auf eine Rückzahlung des Garantiehonorars verzichten, verärgert über einen einfallslosen Versager, einen unzuverlässigen Autor. Mit den PR-Agenturen der Firmen würde ich meine besonderen Schwierigkeiten haben, wenn ich meine Drei-Königs-Geschichte mit den weißen Zähnen und meinen Text über die Börse 2000 nicht liefern würde. Nie wieder würde ich auf dem deutschsprachigen Markt ein Buch plazieren können. Ich hatte mir die Zukunft versaut und verbaut und verhaut mit meinen Phantombüchern. Abgang 1999. Im nächsten Jahrtausend war mit meinem Auftreten als Autor nicht mehr zu rechnen. Ich hatte mir mein Grab geschaufelt. Auf eine Abbitte der Kritiker konnte ich nicht mehr hoffen. Nadja hatte mich ruiniert. Ich würde ein Quartalsäufer und Quartalficker werden, und vollständig verwahrlosen. Unfähig umzuziehen würde ich in meiner widerwärtigen Wohnung sitzen und Tomaten aus der Dose löffeln. Die einzige Post würden die Auszüge meiner Bankkonten und Depoteinlagen sein, die eine sinnlose Vermehrung meines Vermögens anzeigten.

20

Mitte Juli begannen mir die aufmunternden Nachfragen der Verlage nach dem Vorankommen des Manuskripts auf die Nerven zu gehen. Obwohl ich es mir schlimmer vorgestellt hätte. Zwei Drittel der Verlage meldeten sich nicht. Entweder waren die Leute im Urlaub, oder ich hatte bei den meisten Gläubigern den Ruf eines pünktlich liefernden Vollprofis.

Noch immer hatte ich keinen Plan, wie und von wo aus ich das Platzen der 37 Seifenblasen beobachten sollte. Vor Ende September würde es nicht so weit sein, das beruhigte mich. Enthüllungen muß man hinausschieben.

Der August sollte ungestört sein. Mit Nadja nach Kenia, das war der Plan. Um die Verlage nicht vorzeitig mit meiner Unerreichbarkeit mißtrauisch zu machen, schrieb ich an alle einen gleichlautenden Brief: »Begebe mich zur Überarbeitung des mehr oder weniger fertigen Manuskripts in Klausur und melde mich zum verabredeten Zeitpunkt. Wünsche schönen Sommer, meiner wird heavy.«

Probleme machte mir das zuletzt noch verabredete Buch »Mein Jahrtausend«. Denn täglich trafen nun schon Dutzende der mir zugesagten Kompakt-Informationen zu den verschiedenen Jahren ein, aus denen ich meine flotten Jahres-Sprüche destillieren sollte. Ich stellte mir meinen überquellenden Postkasten vor, den die im Haus wohnenden Freaks nur unregelmäßig leeren würden. Das soll Einbrecher anziehen, sagt man. Allerdings sieht es in meinen beiden Zimmern aus, als hätten Diebe gerade stundenlang erfolglos nach etwas gesucht. Unordnung ist der beste Schutz gegen Einbruch. Neulich hatte ich Besuch meiner ersten Frau Sophie. Obwohl sie das nun wirklich nichts mehr angeht, machte sie in nur kurzen Abständen folgende Bemerkungen: Wie sieht es denn hier aus! Du hast ja wieder dieses verfärbte Hemd an! Deine Haare sind unmöglich geschnitten! Jetzt, wo ich nicht mehr mit ihr zusammenlebte, erheiterten mich diese Feststellungen nur noch. Zumal sie etwas von mir wollte. Schleimen war nicht die Art dieser Frau. Die besseren Polohemden, die zur Farbe meiner Augen passen, hatte ich schon für meine Reise mit Nadja reserviert. Sekundenlang spielte ich mit dem Gedanken, meine herbe Exfrau mit diesem Hinweis für ihre unsinnige Ehrlichkeit zu bestrafen. Wie ich bei Kasse sei, fragte sie dann und erzählte irgend etwas von einem Haus in Griechenland, das repariert werden müsse, der Garten stürze ins Meer, wenn nicht schleunigst Büsche angepflanzt würden. Ich griff unter meine Matratze. Aus reiner Verachtung den Banken gegenüber bewahre ich seit meinen abnormen Honoraranweisungen einige zigtausend Mark an diesem klassischen Ort auf, wo kein moderner Dieb mehr danach suchen würde.

Bei dem Jahrtausendbuch-Projekt könnte es auch zu Rückfragen und Unruhe kommen, wenn ich nicht reagierte. Schweren Herzens kaufte ich mir daher einen neuen starken Laptop und ein Modem, besorgte mir einen E-Mail-Anschluß und bat den Verlag, mir die Informationen fortan auf diese Weise zu schicken. Endlich haben Sie Vernunft angenommen, hieß es.

Nadja schielte mißtrauisch auf meinen Laptop, als ich in Paris damit aufkreuzte, und bemerkte nicht, daß ich ihr Lieblingspolohemd trug. Le Fück! sagte sie, du bist nicht zum Arbeiten gekommen. Wir brauchten drei Tage, um uns aneinander zu gewöhnen. Der Plan, nach Kenia zu reisen, wurde fallengelassen. Sie lachte, als sie merkte, daß es mir nichts ausmachte. Ich muß die Welt nicht kennenlernen, sagte ich.

In Kenia war es heiß, da würde sie ihr Eidechsengewand nicht tragen können. In Paris gab es genug Afrikaner. Vergiß nicht: Je suis ton lézard, sagte Nadja und biß mich mitten auf der Straße in den Nacken. Sie ist kurzsichtig und trägt keine Brille. In den Museen trat sie nahe an die Gemälde, löste ständig die Alarmanlagen aus und beschimpfte die moderne Sicherheitseinrichtung so eindrucksvoll, daß die herbeieilenden Wärter völlig ihrer Meinung waren.

Weil wir uns in ihrer Wohnung nicht so eidechsenhaft tummeln konnten, wie wir wollten, verließen wir nach einer Woche Paris und reisten in die Provence in ein prächtiges Haus, das einem Künstler gehörte. Hier bei den echten Eidechsen konnte wir eidechsenhafter sein. Wie sich herausstellte, war Nadja die Geliebte dieses Künstlers gewesen. Vorbei, sagte sie, obwohl ich nicht besänftigt werden mußte.

Ich erzählte ihr von meinen entzückenden 24 Bulimikerinnen mit den Schreibstörungen. Ich hatte sie alle angerufen oder angeschrieben und ihnen mitgeteilt, sie sollten sich eine halbe Stunde auf ihren mageren Hintern setzen und eine halbe Seite über irgendeines der letzten 2000 Jahre zusammenschreiben, dafür könnte ich ihnen 3000 Mark zahlen. Besser könne man eine Schreib- oder Textabgabe-Blockade nicht therapieren. Keine von ihnen hatte reagiert. Wohlstandsziegen nannte ich sie darauf für mich.

Schlaf nur mit ihnen, sagte Nadja giftig, fick sie nur alle!

Sie haben ihren Zauber verloren, sagte ich, als mich Nadja noch immer tückisch ansah. Was sind im übrigen 24 unerreichbare Frauen gegen einen erreichten Künstler!

Da biß mich Nadja wieder und sagte: Das Unerreichbare ist stärker, als du denkst

Dann besprachen wird den Herbst. Ich fragte sie, ob sie Lust habe, meine Sekretärin zu spielen, wenn die 37 Verlage sich zunehmend unfreundlich nach ihren 37 Manuskripten erkundigen würden. Nadja mit ihrer schwarzafrikanischen Stimme und ihrem französischen Akzent. Ich malte ihr den Job aus. Sie soll den Verlagen völlig wahnsinnige Ausreden auftischen: Ihres Wissens habe ich mit der Arbeit an dem Manuskript noch nicht begonnen – doch das könne sein – sie kenne mich – ich sei ein großer Betrüger. Oder: Nein – nein – der Autor kann leider nicht ans Telephon kommen – er liegt mit einer Eidechse im Bett!

Für jeden abgeschmetterten Anruf gibt es 3000 Mark, sagte ich.

Da kam Nadja über mich und boxte wie ein Furie in

meine Rippen: Erstens bin ich nicht käuflich! Und zweitens kann ich andere Honorare erwarten als deine magersüchtigen Schicksen!

Schließlich wurden wir realistisch. Es war anzunehmen, daß ich die September-Abgabetermine mit einigem Knirschen auf die erste Oktoberwoche verschieben könnte, was de facto dritte Oktoberwoche bedeuten würde, denn dazwischen war die Buchmesse, und in diesen Tagen treibt kein Verlag Manuskripte ein. Ab dem 19./20. Oktober würden die Verlage zornig werden, da war es an der Zeit, sich aus dem Staub zu machen.

Wir nahmen uns Buenos Aires vor. Ideal zu dieser Jahreszeit. Es wird Sommer dort, die ersten Eidechsen kommen ans Licht.

Ich war kein Großbetrüger. Mit diesem Mangel an Romantik mußte ich leben. Niemand würde mich suchen. Immerhin würde man mich verfluchen. 37 Verlage würden mir den Teufel an den Hals wünschen und sich die Haare raufen. Wie hatten sie auf mich reinfallen können! Es würde nicht knallen. Nur ein böses Zischen würde es geben, wenn die Luft aus den Projekten wich. Das wollte ich nicht hören. Es wäre besser, zu diesem Zeitpunkt am anderen Ende der Welt zu sein.

Ich probierte meinen neuen Laptop und das E-Mailen aus. Bis Mitte August erhielt ich über 600 Kompaktinfos zu den verflossenen 1000 Jahren. Viele las ich Nadja vor. Wir spielten Bildungsurlaub. Ich betrank mich jeden Tag und hatte also kein Bedürfnis zu schreiben. La penna era stanca – die Feder war müde. Petrarca, der alte Schwärmer, hätte den Kopf über mich geschüttelt: kein Anschmachten der Belladonna, statt dessen ein nicht gerade sublimes Sichauflauern und Sichpacken. Es beruhigte mich, daß meine Finger, die zwanzig Bücher und Hunderte von Artikeln getippt hatten, noch zupacken konnten.

Nur ein paar pornographische Versuche machte ich mit der müden Feder. Ich glaube nicht, daß sie taugen. Das Zeug zu lesen mehrte die Lust, wenn wir lüstern waren. Lagen wir aber matt und entleert in Sonne oder Schatten, waren die eben noch aufregenden Stellen von maßloser Langweile. In den ersten Tagen unterdrückte ich die Sehnsucht, meinen drei geschiedenen Frauen rätselhafte Triumphgrüße zu schikken: Ich habe die Liebe entdeckt. Sie hat die Gestalt einer Eidechse. Später mußte ich gelegentlich die Sehnsucht nach meinen geschiedenen Frauen unterdrücken.

Nach drei Wochen konnte ich Nadja nicht mehr ertragen. Du hast mich lange ausgehalten, sagte sie. Es war gut, wenn sie kam, und es war gut, wenn sie ging.

21

Das Verschieben der September-Abgabetermine auf Oktober war leichter, als ich dachte. Ich hatte mit mehr Widerstand gerechnet. Als Autor, der gestehen muß, nicht pünktlich liefern zu können, wurde man früher nicht so gut behandelt. Kommen Sie zur Messe? wurde ich von den Verlagsleuten freundlich gefragt, als gäbe es keinen Schreibdruck.

Die Vorstellung war allerdings reizvoll, mir von all meinen 37 Auftraggebern 37 Hotelzimmer reservieren zu lassen und meine 37 Phantombücher mit 37 Phantomreservierungen zu krönen. Die Bettenknappheit in Frankfurt zu Messezeiten ist legendär. Die Leute zahlen 800 Mark für eine Nacht und fahren 50 Kilometer weit. Unter diesen Umständen 37 Zimmer unbenutzt zu blockieren hätte eine gewisse Größe.

Kindereien. Ich besorgte Flugtickets für Nadja und mich. Am 22. Oktober nach Buenos Aires. Vorher ging es nicht. Etwas spät. Mit den ersten unangenehmen Anrufen der Verlage war ab Dienstag, den 19. Oktober nach der Messe zu rechnen. Natürlich buchte ich nicht Business class, das hätten Nadja und ich affig gefunden. Tourist aber will man auch nicht sein. Wo gehört man hin?

Allerdings hatte ich keinen unverrückbaren Charterflug genommen, der einen mehr würgt als jeder echte Ablieferungstermin. Nadja hatte vier Söhne. Was, wenn einer eine Blinddarmentzündung bekäme? Obwohl ich mir vorstellen konnte, wie sie reagieren würde. Et alors? würde sie sagen, er hat einen Vater.

Ich tauchte nicht unter. Ich plante eine Reise, das war alles. Trotzdem war es eine Flucht. Ich wollte gut vorbereitet sein. Daß die Verlage so stillgehalten hatten, machte es mir einerseits leichter, andererseits ist es etwas bitter, einen Partner zu betrügen, der viel Entgegenkommen zeigt. Selbst die von mir für Idioten gehaltenen Discount Broker ließen sich hinhalten. Gedruckt ist das doch heute schnell, sagten sie.

Machen Sie sich nicht fertig, das kriegen wir schon hin, tröstete mich eine Lektorin, die meiner Stimme anmerkte, daß eine große Last mich drückte. Es ging um das Buch »Design 2000«. Ich hatte mittlerweile völlig die Übersicht verloren. Die Listen waren zum Teil verknüllt, besudelt, unleserlich oder verschwunden. Es wäre mir schon aus Gründen der natürlichen Unordnung nicht möglich, länger als ein halbes Jahr ein Betrugssystem aufrecht zu erhalten. Ich stieß an die natürlichen Grenzen meiner Fähigkeiten. Es war an der Zeit, den Spuk zu beenden.

Auch das Jahrtausend-Projekt, für das eine Menge Geld geflossen war, hatte sich um einen Monat verschieben lassen. Hauptsache, wir sind im Weihnachtsgeschäft, hieß es! Ein letztes Mal ärgerte ich mich über die 24 Bulimikerinnen, für die ich 24mal 3000 Mark bereitgestellt hatte. Sie hätten nichts zu schreiben brauchen. Warum aber waren sie nicht wenigstens in der Lage, mir eine Zusage zu machen und zu kassieren.

In den Buenos-Aires-Büchern wetteiferten die Empfehlungen, welche Tango-Spelunke in der Stadt Aires die urigste sei. Ich freute mich auf die Tänze mit Nadja. Wir konnten beide tanzen, aber nicht Tango. Wir tanzten so, wie uns zumute war. Kein Schrittmuster engte uns ein. Ich sah es vor mir: Ein geschniegelter Tangomann beobachtet uns lächelnd. Er kann es ja viel besser. Er bittet Nadja um einen Tanz. Er will mir und ihr zeigen, wie es geht. Aber er kennt die Eidechse nicht. Sie wird sich seiner Führung lachend entziehen und ihm sagen: Ich tanze, wie ich will. Sie sind ein stumpfsinniger Befolger von Vorschriften, Señor! So ist sie.

Ich bekomme in der Woche durchschnittlich drei- oder auch fünfmal Post von Lesern. Meist witzige Hinweise. Irgendwer hat in Sri Lanka ein Buch von mir gelesen und sich zum Beispiel über den Satz gefreut: »Nie darf die Liebste mehr als sieben Jahre jünger sein als die Ehefrau.« Eine Regel, die ich in meinen Ehen tatsächlich immer zu befolgen versucht hatte. »Das hast Du gut gesagt!« stand dann auf einer

Palmenstrandkarte: »Gruß von Sabine«. Es war keine mir bekannte Sabine. Post dieser Art gab es oft.

Während der Buchmesse in der zweiten Oktoberwoche traf eine Karte ein, die mich beunruhigte. Sie war nur mit einem Zitat beschrieben: »Die Wenigsten wissen, daß auch das Nichtschreiben die Frucht langer und mühseliger Arbeit ist.« Der Wiener 20er-Jahre-Kaffeehaus-Literat Anton Kuh war als Autor des Spruchs ausgewiesen, der exakt mein Tun und Lassen im vergangenen halben Jahr beschrieb. Keinerlei Unterschrift, keine Herkunft der Karte war erkennbar, von der ich mich durchschaut fühlte. Niemand außer Nadja wußte von meinen Phantombüchern, mein Freund Thomas, der Anwalt, ahnte allenfalls etwas. Nadja schrieb gelegentlich Karten, aber die Kenianerin konnte unmöglich Anton Kuh kennen. Auch war sie noch in Paris. Thomas war in Kanada. Ein kanadisches Fertigblockhaus war in einem Vorort von Stuttgart in sich zusammengefallen. Der erboste Schwabe klagte gegen den Hersteller. Schon war ich kurz davor, ans Überirdische zu glauben, als ein Rundruf bei meinen Exfrauen mich wieder ins Reich der Vernunft zurückführte. Sophie, meine erste Frau, hatte die Zeile irgendwo gelesen, in einer mir fremden Schrift abgeschrieben und wollte sich damit für die 60 Tausend Mark bedanken, die ich ihr zur Sanierung ihres griechischen Hanggrundstücks zugesteckt hatte.

Nadja kam am Montag, den 18. Oktober. Am Ende der Woche war unser Flug ins Land der Tango-Bars. Ich war so angespannt, daß mir nicht nach Liebe zumute war. Es war beängstigend: Ich wußte gar nicht mehr, was das ist – sexuelles Begehren. Weg war es. Das war eine Beleidigung von Nadjas Reizen, fand ich, und ich entschuldigte mich dafür. Nadja aber murrte nicht etwa verstimmt, sie lachte und sagte: Ich brauche diese dauernde Penetration sowieso nicht immer.

Am Dienstag abend kam der erste Verlagsanruf. Ausgerechnet der Titel »Onanie 2000«, zu dem mir die Unterlagen abhanden gekommen waren. Wie sieht es aus? fragte eine gutgelaunte Stimme, an die ich mich nicht mehr erinnern konnte. Kein wütendes Anmahnen, kein hysterisches Fordern – ich begriff die Schonung nicht.

Gut, sagte ich, sehr gut sieht es aus.

Ich verbinde mit dem Verleger, sagte die Stimme.

Na, sagte der Verleger. Auch er gutgelaunt, als hätte ich geliefert und das Buch wäre termingerecht in der Herstellung. Warum keuchte er nicht verzweifelt diese Worte, die doch jetzt kommen mußten: Wo bleibt der Text, Mann? Vielleicht verwechselten die mich mit einem anderen, einem pflichtbewußten Autor.

Also ich bin fertig, sagte ich.

Gratuliere, sagte der Verleger unbewegt. Und nach einer kleinen Pause: Sie sind doch ein vernünftiger Mann.

Dann setzte er mir sein Problem als Verleger auseinander, an das ich nie gedacht hatte. Wozu auch. Meine Probleme waren andere. Mein mangelhaftes Talent, die Früchte meines Betrugs zu genießen – das war mein Problem, das hatte mich beschäftigt, wie auch meine Unfähigkeit, die Freuden des Trinkens und Liebens und Fickens und sonstigen Wohllebens mit der durchaus auch erfreulichen Tätigkeit des Schreibens in Einklang zu bringen. Das mußte ich lernen. Das interessierte mich wirklich. Der Jahrtausendwechsel interessierte mich nicht.

Der Jahrtausendwechsel und das Jahr 2000 gingen mir am Arsch vorbei, wie man so sagt. Ich mag den Ausdruck. Es ist ein treffendes Bild der berechtigten Interesselosigkeit. Ich sehe mich dabei immer in die Ferne schauen – und hinter meinem Rücken kringeln sich am Boden die Trends und Moden und Events mit ihren Designern und Telekommunikationsmanagern und Champagnergeneralvertretern. Ein Gewusel von Würmern, Maden, Raupen, Schaben, Asseln, Tausendfüßlern und Silberfischchen, die da ihr Geld verdienen, während ich das meine kassiere, indem ich dieses Gezücht beiseitefege, wegschnippe, von der Tischplatte puste und beschimpfe.

In meinen Konzeptgesprächen mit den Verlagen hatte ich

nie einen Hehl daraus gemacht, daß für mich das Gedöns mit dem alten und neuen Jahrtausend das Allerletzte sei, daß ich mich aber auch gern über eben dieses Gedöns erheben, es ohrfeigen und damit Geld verdienen würde. Das war meine Abmachung gewesen.

Das wollen die Leute lesen, hatte es geheißen. Und nun vernahm ich von dem Verleger, daß das Buch »Onanie 2000« am Markt vorbeigehen würde. Kein Markt mehr da für das Millennium. Die Leute hätten die Nase voll. Die Buchmesse sei ein untrügliches Stimmungsbarometer. Er habe gemerkt: Kein Mensch interessiert sich mehr für den Zirkus 2000. Zu viel heiße Luft sei in die Sache hineingepumpt worden, und viel zu früh. Die großen Silvesterparties würden schon jetzt als uncool gelten. Die Veranstalter würden reihenweise pleite gehen. Auf der Messe sei bereits in Strömen Sekt und Champagner aus »Prost-2000-Spezialabfüllungen« für das große Silvester geflossen. Millionen von Flaschen zu viel produziert. Am Markt vorbei. Kein Absatz. Die Leute wollen nicht mehr. Totaler Flop. Auch in der Buchbranche werde es gigantische Flops geben. Das Jahr 2000 interessiert doch kein Schwein mehr. So blöd sind die Leute doch auch nicht. Das geht doch allen am Arsch vorbei.

Sekundenlang wurde mir unwohl. Ich mag es nicht, wenn sich meine Gefühle mit denen der Mehrheit decken.

Der Verleger fuhr fort: Er wolle einen Flop vermeiden. Wenn er an unverkaufte Bücherpaletten und Lagerkosten denke, werde ihm übel. Mit einem Buch, was sich nicht verkauft, sei niemandem gedient.

Der letzte Satz war an mich gerichtet. Er wollte seinen Autor beschwichtigen. Ich wollte es aber deutlicher hören. Das heißt? fragte ich.

Der Verleger schnaufte und wurde dann förmlich: Das heißt, wir möchten Sie bitten, dafür Verständnis zu haben, wenn wir auf dieses Buch verzichten. Selbstverständlich kommen wir unserer Verpflichtung nach und zahlen die zweite Rate des Garantiehonorars aus.

Ich schwieg eine Weile. Ich mußte mich fassen. Mein Schweigen kam gut an.

Ich weiß, es ist bitter. Der Verleger war voller Solidarität.

Allerdings, sagte ich, machte eine tiefe Pause und wurde dann ganz leise: Es ist ja nicht nur das Geld. Der Auftritt geht mir verloren, verstehen Sie. Sie haben ein Buch weniger im Programm, das fällt nicht auf. Aber mir fehlt mein Herbsttitel. Ich existiere praktisch nicht. Ich komme auf den Literaturseiten der Zeitungen nicht vor. Es wird sein, als wäre ich gestorben. Nein, als gäbe es mich nicht. Wenn man stirbt, dann wird man ja wahrgenommen.

Binnen einer halben Minute hatte ich mich völlig in meine Lage als vom Verlag brutal ausgebooteter Autor hineingeredet und genoß meine neue Rolle: Und dafür habe ich wochenlang gearbeitet, fuhr ich fort. Für nichts. Geld? Image ist doch mehr als Geld. Sie kennen doch den Markt, beschwor ich den Verleger, Sie müssen doch wissen, daß ein Autor, der im Herbst nicht mit einem Buch von sich reden macht, einen irreparablen Marktwertverlust erleidet.

Das war wirklich übertrieben. Aber offenbar so überzeugend vorgebracht, daß der Verleger nicht sagte: Jetzt übertreiben Sie aber! Er schwieg. Ich hatte das Gefühl, daß er sich auf die Lippen biß. Sie sparen sich einen Flop, sagte ich, sie gewinnen etwas, aber was ist mit mir? Endlich fiel mir das Wort ein, das ich schon dauernd suchte. Es ist so ein Kriegswitwenrentenwort: Eine Entschädigung, sagte ich, für diesen Marktwertverlust muß ich irgendwie entschädigt werden.

Er atmete tief ein und aus. Dann machte er mich darauf aufmerksam, daß ich, wie er mich als Autor kenne, genügend Passagen aus dem Onanie-2000-Buch herauslösen, vom 2000er Aspekt befreien und getrennt vermarkten werde. So ganz umsonst sei die Arbeit an dem Buch sicher nicht gewesen. Er wollte mich drücken. Auch im nächsten Jahrtausend wird ja wohl hoffentlich noch onaniert werden, fügte er hinzu, und ich mußte ein Lachen unterdrücken.

Ich wollte hart bleiben. Es geht nicht um Geld, sagte ich,

und nicht darum, ob ein Text verloren ist oder nicht, es geht allein um den Auftritt. Mein Auftritt als Autor findet nicht statt, weil Sie keinen Flop riskieren wollen! Ich durfte jetzt keinen Fehler machen. Forderte ich zu viel, würde er sagen: Okay, dann machen wir das Buch.

Sagen Sie was, sagte er.

Ich atmete tief ein und aus. Ich hatte nicht die geringste Erinnerung, wie hoch das Garantiehonorar bei diesem Buchprojekt insgesamt war. Die Liste mit den Notizen war verschwunden und ich war noch nie in dieser Lage gewesen. Zwanzig Prozent? fragte ich bescheiden und rückzugsbereit.

Der Verleger atmete wieder: Okay, wenn dann Frieden ist, sagte er so schnell und erleichtert, daß ich sofort merkte, er hatte mit einer höheren Forderung gerechnet. Wir wollen Sie als Autor nicht verlieren, sagte er.

22

Am nächsten Vormittag war schon um 9 Uhr der Lektor meines Buches »Adel 2000« am Telephon. Bis 12 Uhr waren der »Regenwald 2000«, das große Silvester im »Berlin 2000« und irgendeines dieser Schwellenthemen durch, ich glaube, »Alte Malerei an der Schwelle des Neuen Jahrhunderts« oder »Ende der Malerei am Anfang des Dritten Jahrtausends« – etwas in der Art.

Am frühen Nachmittag wurde die »Liebe 2000« storniert, was einem abergläubischen Menschen vielleicht zu denken gegeben hätte, mich aber eher erheiterte. »Romantik 2000« und »Wohnen 2000« wurden gestrichen, sowie ein Titel, den abgemacht zu haben mir entfallen war: »Unkraut – Pflanze des 3. Jahrtausend«. Mit den Frankfurter Discount Brokern brauchte ich nicht lange zu feilschen, sie hatten mir den vollen Betrag für »Börse 2000« schon ausbezahlt und teilten mir in weniger als einer Minute mit, daß sie den Text nicht benötigten – von der Broschüre habe man Abstand genommen.

So wie die Befruchtungsgespräche zu den Buchprojekten ähnlich verlaufen waren, so glichen sich nun auch die Grabreden. Sie begannen immer mit einem Schlucken und Räuspern der Verlage, dann folgte der Hinweis auf den wendischen, unerbittlichen Markt, der mit Millennium-Produkten derart abgefüllt und gemästet worden sei, daß er nichts mehr annehme beziehungsweise hergebe. Beim Thema Jahrtausendwechsel, schon beim Nennen der Zahl 2000 oder des Begriffes »Millennium« hielten sich Verlagsvertreter und Buchhändler die Ohren zu. Die Stimmung sei gekippt, von der Lust aufs Feiern in den Ekel, nicht nur auf dem Buchmarkt. Es gebe weder eine Aufbruch- noch eine Untergangsstimmung, die man schüren könne, es gebe überhaupt keine Stimmung mehr. Nur noch Null. Ausgebrannt das Feuer. Der Jahrtausendwechsel sowie das ganze Jahr 2000 seien Monate vor dem Antritt vermarktungsmäßig eine riesige Pleite. Die Beratungsbüros in der Hauptstadt mit ihren Tips, wie man am hauptstadtmäßigsten Silvester feiern könne, müßten reihenweise dichtmachen.

Ich schwieg und staunte. Wenn es denn wirklich so war, wäre das tatsächlich ein Zeichen von Vernunft, sozusagen ein »Lichtblick zu Beginn des neuen Jahrtausends«: Ein entsprechendes Buch könnte mit den Zeilen beginnen: Endlich! Endlich gibt es Anzeichen dafür, daß Mensch und Markt erwachsen geworden sind. Man läßt sich Feierstunden nicht mehr verordnen. Nix Prosit Freunde, lustig samma, täteräh! Satt und wählerisch schüttelt der neue Mensch den Kopf. Die Unken haben das Jahrtausend der ferngesteuerten Massen vorausgesagt. Noch aber stehen die Chancen nicht schlecht, daß es das Jahrtausend der Individualisten wird, die sich von Event-Agenten nichts aufschwatzen lassen und die Mitmachen total uncool finden.

Ich lernte, in den richtigen Augenblicken zu schweigen. Nach meinem ergriffenen Schweigen kondolierten die Verlage: Sicher, so ein Abgang im späten Monat sei traurig, aber besser als einen Krüppel zur Welt zu bringen, tröstete mich ein Programmchef.

Im Wehklagen über meinen nicht stattfindenden Auftritt und den ausbleibenden Renommeegewinn hatte ich rasch eine solche Übung, daß ich Entschädigungssummen von 30 bis 50 Prozent herausholte, die dem garantierten Gesamthonorar zugeschlagen wurden. Meist kam die Zustimmung mit dem erfreulichen Hinweis, man wolle mich als Autor nicht verlieren. Nur einmal, bei dem mir besonders verhaßten Titel »Design 2000«, mußte ich mit meiner Entschädigungsforderung auf 10 Prozent heruntergehen, andernfalls war die Verlegerin entschlossen, das Buch zu publizieren.

Am Ende eines jeden Gesprächs war den Verlagsleuten die Erleichterung deutlich anzumerken. Meine verbarg ich, das hielt ich für klüger. Seltsam übrigens: Obwohl ich doch allen Grund gehabt hätte, das unverhoffte Auflösen der Buchverträge zu begrüßen, durch das mir die Schmach erspart wurde, als windiger und einfallsarmer Autor ins Aus gesetzt zu werden, war ich nicht nur glücklich. Erleichtert war ich, das ja, aber nicht erlöst und befreit.

Nun war ich weder als juristische Person noch als Autor ein Betrüger. Nicht nur das hochromantische Untertauchen als Krimineller war mir vereitelt worden, sondern auch die halbromantische Flucht vor dem Zorn der Verlage. Buenos Aires hatte nichts mehr von einem Asyl, in das ich mich mit Nadja begeben würde, um den Sturm der Empörung abzuwarten. Es war ein ganz normales Reiseziel geworden. Der Wirbel um das neue Jahrtausend war von einem Haufen übereifriger Verlage, Champagner- und wahrscheinlich auch Silvesterraketenhersteller und einer Handvoll quasseliger Event-Agenten falsch eingeschätzt worden. Sie hatten auf diese Karte gesetzt und verloren. Ruiniert hatte sich vermutlich keiner. Ich aber war ein ungewöhnlicher Kriegsgewinnler: Ich war reich geworden, indem ich Waffenlieferungen versprochen hatte, die nun keiner haben wollte. Daß diese Waffen üppig bezahlt wurden, aber nicht existierten, war die Pointe. Und weil man nie genug haben kann, empfand ich bei aller Erleichterung auch Verdruß. Mein Coup schien wider Erwarten so perfekt zu gelingen, daß keine Staubwolke auffliegen würde. Kein Knall vor dem großen Geballere, kein schadenfrohes Gelächter vor der künstlichen Silvesterheiterkeit, keine Sympathisanten, die einem subversiv zunicken würden.

Auch gut. Als Dichter von Köpenick in die Verlagsgeschichte des Jahres 1999 einzugehen wäre etwas peinlich und provinziell gewesen. Von der Albernheit, die man aufdeckt, bleibt etwas an einem hängen. Statt dessen war mir die wenig spektakuläre Rolle des Unbescholtenen zugefallen, der Pech gehabt hat und lautlos entschädigt wird. Diese Rolle mußte ich jetzt sauber zu Ende spielen.

Nadja nutzte die wenigen Tage vor unserem Abflug nach Argentinien, um letzte Besorgungen zu machen. Ein paar Eidechsenklamotten, ein paar CDs mit Eidechsenmusik. Ich stand währenddessen im Flur neben gepackten Koffern und telephonierte ohne Unterlaß. »Ohne Ende«, sagt man neuerdings. Ich vermeide den modischen Ausdruck, der erst vor wenigen Jahren aufkam und nun lebhaft kursiert, ohne daß es irgendwem auffällt. Kaum dachte ich daran, benutzte der Verleger am anderen Ende der Leitung die beiden Wort: Es kommen Jahrtausendbücher »ohne Ende« auf uns zu, stöhnte er, das könne nicht gutgehen. Da will er lieber nicht mitmachen. Typisches Glossenthema, dachte ich, während ich ihn reden ließ. Reizvolle krause These: Seitdem das Ende des zweiten Jahrtausends naht, sagen die Leute »ohne Ende«. Das kann kein Zufall sein. Warum sagen sie es? Weil sie das Ende des Jahrtausends herausschieben wollen. Sie haben ein bißchen Schiß, die Hasen, sie hätten das gute alte zweite Jahrtausend gern ein bißchen länger gehabt.

Ich hatte mir in den Kopf gesetzt, in allen 37 Fällen eine Vertragsauflösung zu erreichen. Wenn schon kein Köpenick, dann alle Spuren beseitigen! Bei manchen Verlagen mußte ich nachhelfen. Sie kamen von sich aus nicht auf die gute Idee, das Buch besser fallenzulassen. »Millennia oder Das Jahrtausend Kafkas?« Das Buch ist irre gut geworden! Ich schwärmte innig von meinem Werk und seinem künftigen Erfolg – und endlich wurde dem sturen Lektor klar, daß man mir das Projekt besser ausreden sollte.

Die Überzeugungsarbeit kostete Zeit, und die Zeit war knapp. Schon war es Donnerstag – und am Freitag war Abflug.

Immer wenn Nadja vom Einkaufen kam, sah sie mich telephonieren: Le fück, tu me nerves! rief sie und bewarf mich mit ihren Einkaufstüten. Als ich mir gerade den Titel »Trinken 2000« ausreden ließ und schamlos mein so herrlich bissig geratenes Champagnerkapitel pries, kam sie mit einem Paar frisch besorgten Eidechsenstiefelchen an ihren zierlichen Füßen zur Tür hinein. Triumphierend streckte sie mir ein Bein mit dem allerliebsten Schuhwerk entgegen und bat um einen Kommentar. Ich machte mit der freien Hand ein Anerkennungszeichen und die entsprechende Mimik dazu, ohne das Telephonat zu unterbrechen. Da kam Nadja auf mich zu, und während ich gerade die Entschädigungssumme von 40 auf 50 Prozent trieb, funkelte sie mich an und sagte: Wenn dir meine neuen Schuhe so gut gefallen, dann küsse sie! Als ich nicht reagierte, wiederholte sie die Aufforderung so laut, daß der Verleger irritiert nachfragte: Wie bitte? Als Nadja den Satz das dritte Mal wiederholte, nun fast schneidend deutlich, mich schon fast gefährlich anfunkelte und dabei die Spitze ihrer neuen Stiefel in meine Wade bohrte, hielt ich es für besser, ihrem Wunsch zu folgen.

Ich hätte nicht gedacht, daß ich jemals einer Frau die Schuhe küssen würde. Das gilt als Geste äußerster Unterwerfung. Man stellt sich sofort devote Telekommunikationsmanager in Folterstudios vor. Nichts von alledem bei den Eidechsen! Es war eine Art lasziver Handkuß. Die neuen schwarzen Stiefelchen rochen köstlich, ich biß hinein, fest, aber vorsichtig, um das feine, blanke Leder nicht zu beschädigen, über mir hörte ich Nadja zufrieden fauchen, und der Verleger fragte: Sind Sie noch dran?

Am Freitag vormittag telephonierte ich immer noch. Jetzt rächte sich meine Schlamperei. Ich fand die Listen mit den Titeln der Phantombücher, den dazugehörigen Notizen und den Telephonnummern der Ansprechpartner in den Verlagen nicht mehr, mußte in meinem Gedächtnis forschen und kam mir vor wie ein Blinder, der sich vorwärtstasten muß – und das in höchster Eile. Überall lagen Eidechsenhäute von Nadja herum, feinste Fetzen zur Verhüllung ihres schönen Körpers, und bedeckten das Chaos, in dem ich mich sonst schnell zurechtfinde. Das war keine Wohnung, in der Liebe und Literatur zusammen Platz hatten. Dazu braucht man sechs Zimmer. Vorsatz: Im Januar 2000 würde ich mich nach einer großen Wohnung umsehen. Ein Zimmer zum Schreiben von Romanen, eines für essayistische Texte – und vier sonnige Zimmer für die Liebe. Geräumiger Kühlschrank in der Küche zum Eiskaltmachen von großen Mengen weißen Weins.

Es schienen mir plötzlich wesentlich mehr als 37 Buchtitel

zu sein, die ich verabredet hatte. Im exakten Zusammenrechnen war ich noch nie gut. Vermutlich waren es über 40, und ich würde nach Auszahlung der Resthonorare und der Entschädigungssummen nicht zehn oder zwölf, sondern 14 oder 16 Millionen auf meinen Konten haben, was mir einerlei war, denn es ging nur noch um die Ästhetik des Abwickelns, um das saubere Verschwinden meiner Phantomprojekte ohne das Hinterlassen von Spuren.

Mittags um halb eins mußte das Taxi zum Flughafen bestellt werden. Um elf kam Nadja von ihrem letzten Beutezug. Ich telephonierte fieberhaft und traute meinen Augen nicht. Sie hatte sich jenen bananenschalengelben Lederrock gekauft oder schneidern lassen, den ich vor Jahren in einer Erzählung seitenlang besungen hatte, ohne ihn zu kennen. Ich hatte mir damals eine andere Frau darin vorgestellt. Eine unwürdige. Nadja war die einzige, die der verwegenen Kreation gewachsen war. Sie mochte meine Bücher nicht, aber offenbar die darin beschriebene Kleidung. Um so besser. Der Rock hatte mir schon in der Vorstellung den Atem geraubt und beim Schreiben Dauererektionen verursacht.

Nicht immer kommt die Wirklichkeit an die Phantasie heran. Dies aber war ein Anblick, der alles übertraf, was ich mir je an scharfen Röcken eingebildet hatte. Nadja erkannte sofort die Kraft ihrer Aufmachung und kam auf mich zu. Ich rufe in zehn Minuten zurück, sagte ich dem Verleger, legte den Hörer auf, und es folgte das, was wir den Flinkfick nennen – eine Spielart der Eidechsenliebe. Man zieht sich nicht aus und kommt unverzüglich zur Sache. Ein Triumph der Unkultur, des Egoismus und der Beweglichkeit. Als feministisch angehauchter Mann hatte ich eine Weile gebraucht, bis mir Nadja klarmachen konnte, das auch das Verpönte seine guten Seiten hat.

Kurz nach der heftigen Erlösung stieß mich Nadja in die Rippen. Mach weiter! sagte sie. Zum Glück meinte sie meine Verlagsgespräche. Die Zeit raste. Ich wählte fieberhaft Telephonnummern und erreichte die richtigen Leute nicht. Man war »zu Tisch«, hörte ich, und ich hätte gerne Nadja zu den tafelnden Verlagsleitern und Programmchefs geschickt, mit einer Eidechsenpeitsche: Schluß mit Futtern, ihr feinen Pinkel, zurück an die Schreibtische, vite, vite, meine Herren!

Die Zeit raste jetzt, und ich konnte mich kaum noch konzentrieren. Mit Schrecken erinnerte ich mich daran, daß die letzten Stunden vor dem Urlaub in meinen Ehejahren so ähnlich verlaufen waren Texte, die in letzter Minute fertig geworden waren, mußten weggefaxt, Redaktionen mußte geschworen werden, daß unfertige Texte übermorgen kämen, übermorgen sei kein Problem, wozu gebe es Fax! Meine Ehefrauen waren immer neben den fertig gepackten Koffern gestanden und hatten gesagt: Wenn du deine Schreiberei in den Ferien nicht vergessen kannst, lassen wir uns scheiden – eine Drohung, die sie konsequenter wahrmachten, als ich anfangs dachte. Sie hatten allerdings nicht solche Röcke getragen.

Um zehn vor halb eins rief ich das Taxi. Nadja strich den neuen engen Edelrock glatt. Ein winziger Tropfen Sperma war danebengegangen und bildete auf dem gelben, glatten Leder einen kleinen dunklen Fleck. Le Fück, ich kann auch ohne dich fahren, sagte sie, als der Taxifahrer klingelte, nahm Ticket und Koffer und ging zum Lift. Wie konnten dieser zierlichen Frau vier Kinder entschlüpft sein.

Schon war ich wieder mitten in einem Telephonat. Es ging um 40 Tausend Mark, die mich auf dem Konto nicht interessierten, die zu verschenken mir aber schwer fiel. »Jazz 2000«. Ich rufe morgen noch einmal an, sagte ich, legte auf, und schon läutete es wieder.

Die Szene hatte die Dimension eines antiken Dramas. Als stünde eine Entscheidung an: Geld oder Liebe, Arbeit oder Leben, Schreiben oder Genießen, eine Zukunft allein in dieser staubigen Literatenhöhle oder Freiheit in Buenos Aires. Bloß keinen Fehler machen. Man muß sich immer für die Liebe entscheiden – das hatte ich mir vorgenommen. Auf die richtigen Frauen hören. Ich griff meinen Koffer und stürzte mich damit treppab. Noch bin ich schneller als der Lift. Das Buch über die in der Silvesternacht in Hongkong im Lift eingeschlossenen Leute hatte ich vergessen, dem Verlag auszureden, fiel mir ein, als ich im 4. Stock angelangt war. Im 3. Stock wurde mir seltsam spät klar, daß man auch von Buenos Aires aus ganz normal telephonieren kann. Mein Handyhaß hatte mich das vergessen lassen. Wenn man 10 oder 16 Millionen auf seinen Konten hat, dürften ein paar Überseegespräche kein Problem sein. Im 2. Stock mußte ich daran denken, daß ich vergessen hatte, die Wohnungstür abzuschließen, und daß ein paar hunderttausend Mark bar unter meiner Matratze lagen. Ich würde im Taxi mit Nadja darüber lachen, und wir würden uns einen netten Dieb ausmalen – und uns mit ihm über seinen Fang freuen. Im 1. Stock fiel mir ein, daß ich Tikket und Paß oben neben dem Telephon liegengelassen hatte. Treppe rauf, Treppe runter. Als ich endlich außer Atem die Haustür aufriß, sah ich das Taxi gerade in die Hauptverkehrsstraße einbiegen.

23

Jetzt ist es aus. Du hast alles versiebt. Du hast die Liebe verraten. Du hast nichts kapiert. Du hast dich zu spät entschieden. Du bist verdammt. Du kannst keine Frauen halten. Das war deine letzte Chance, und du hast sie verspielt. Du bist ein Zauderer. Du kannst nicht lieben. Du kannst nicht trinken. Du kannst nicht gewinnen. Du bist verloren. Du bist ein Idiot.

Ich bin oft genug von Frauen zurückgelassen worden. Man macht sich seine Gedanken. Viele Selbstbezichtigungen haben mich schon gequält. Je schöner die Frau, desto mehr suche ich den Fehler bei mir. Maria war schön, Sophie war schön. Die dritte hieß Brunhild, war aber auch schön. Nadja war sehr schön.

Es tat mir weh, als ich sie im Taxi davonfahren sah. Es war zu spät, um hinterherzuhetzen. Das Flugzeug würde ich nie mehr bekommen. Ich bin Realist. Die Entscheidung war gefallen. Ich ging wieder hoch mit meinem Koffer. Diesmal nahm ich den Lift. Als erstes rief ich den Verlag an, mit dem ich »Die Eingeschlossenen von Hongkong« abgemacht hatte, und redete ihm erfolgreich ein, daß er mir das Buch ausreden solle.

Ungefähr 22 Stunden später würde Nadja in Buenos Aires landen. Eine Sache, die nur schwer in meinen provinziellen Kopf paßt: Man sitzt in seinem Zimmer und schreibt normalerweise ein paar Seiten, oder man telephoniert ein bißchen – und währenddessen fliegen andere Menschen um die halbe Welt! Am nächsten Vormittag gegen elf unterbrach ich meine Verlagstelephonate und machte die Leitung frei. Um halb 12 rief Nadja an.

Du bist ein Idiot, sagte sie. Es ist Eidechsenwetter! Sie lachte, und ich sah, wie sich ihr Körper dabei bog. Was hast Du an? fragte ich.

Den Rock hatte sie natürlich an. Wann hätte ich mich umziehen sollen! Magst du ihn? fragte sie. Ich erfuhr, daß sie mit meinem in gelbes Leder gebundenen Luxusbuch zu einem

Schneider gegangen war und gesagt hatte: Machen Sie mir so einen Rock!

In Buenos Aires sei sie wieder auf ihre übliche Art vom Flughafen in die Stadt gefahren, sagte sie. Als wir uns kennenlernten, hatte ich ihr anfangs nicht geglaubt, wurde dann später aber bald selbst Zeuge und Nutznießer ihrer ungewöhnlichen Art, sich befördern zu lassen. Nadja fragt diese Busfahrer in den leeren Bussen, die noch nicht im Einsatz sind, Zeitung lesen, Brote essen und den Kopf schütteln, wenn man sie fragt, ob sie da und da hinfahren. Bei Nadja sagen diese Busfahrer immer: Steigen Sie ein! Legen die Zeitung beiseite und fahren sie ans Ziel. Sie akzeptieren sogar Nadjas Begleiter. Es sind immer gutgelaunte Asylanten, und sie haben alle Rimbaud gelesen. Ich bin in Madrid und Paris an Nadjas Seite einige Male mit Albanern, Rumänen, Bosniern und Nigerianern gefahren und habe mich besser unterhalten als bei jedem Verlagsempfang auf der Buchmesse.

Nadja! sagte ich und kostete den Namen. Drei, vier Tage brauche ich noch.

Ich bin erwachsen, sagte sie.

Nimm ein schönes Hotel, sagte ich, ich will dich fauchen hören. Wir wollen laut sein.

Als ich Nadja noch nicht gut kannte, hätte ich mir das Leben genommen, wenn diese Frau nach einem Flinkfick in diesem gelben Rock in einem Taxi davongefahren wäre. Ich hätte an ein unwiederbringliches Versäumnis geglaubt, an den größten Fehler meines Lebens. Die Christen haben ihre Sünde, aber auch als Heide mit Halbbildung hat man seine unguten Gefühle. Diese Opernstoffe sitzen einem in den Knochen. Orpheus und Eurydike: Wer sich in gewissen Augenblicken zum läutenden Telephon umdreht, setzt die falschen Prioritäten und hat die Liebe verloren. Solchen Stuß hat man im Kopf. Wer angesichts von bananenschalengelben Lederröcken noch an Vertragsauflösungen denkt, der hat die Verdammnis verdient. Wer genug Geld, aber zu wenig Liebe hat, doch immer noch dem Geld und nicht der Liebe hinterherrennt, dem ist nicht mehr zu helfen, denkt man sich – und es ist auch was dran.

Seitdem ich einmal mit Nadja in Neapel war und wir eine Stippvisite in Pompeji machten, bin ich von solchen Schuldgefühlen geheilt. Es gab da ein kleines Fresko: Eine männliche Figur wurde verstoßen und trollte sich verlegen. Ein charmantes Fragment, und ich brachte nicht ganz ernst meine Untaten und Scheidungen damit in Verbindung. Da boxte und ohrfeigte mich Nadja und nannte mich einen Yankee, was ihr schlimmstes Schimpfwort ist. Wie ein rosa Ami sehe ich nicht aus! sagte ich und ohrfeigte sie zurück. Sie lachte dunkel und afrikanisch und sagte: Na gut, aber ihr Europäer mit eurem Mythenblabla könnt einem auch ganz schön auf die Nerven gehen. Plötzlich bückte sie sich, und schon hatte sie eine winzige junge Eidechse in der Hand. Sie hielt das streichholzgroße scheue Tier zwischen Daumen und Zeigefinger. Laß sie los, bat ich, ich mag keine Gefangenen. Aber Nadja schüttelte den Kopf und streichelte die kleine grüne Echse, deren Blick immer weniger ängstlich wurde. Nach etwa einer Minute öffnete sie die Hand und sagte: Voilà! Die kleine Echse blieb auf der Hand, bewegte sich dann langsam an Nadjas kenianischen Armen hoch, machte eine Pause auf ihren kenianischen Schultern, kroch unter das T-Shirt und kam woanders wieder hervor. Solange wir in Pompeij waren, blieb die junge Echse bei uns. Sie nahm auch auf mir Platz. Wir tauften sie Felicitas, nahmen sie zum Abschied auf den Zeigefinger, gaben ihr einen winzigen Kuß und setzten sie auf einen sonnigen Stein.

In drei Tagen war ich durch. Alles war aufgelöst, fallengelassen, gelöscht, getilgt, gecancelt, storniert, elimimiert, liquidiert. Alles wie nie gewesen. Der Spuk war vorbei. Nicht ganz leicht war es gewesen, aus dem Großprojekt »Mein Jahrtausend« herauszukommen, aber weniger weil dem Verlag das in den Sand gesetzte Geld, mit Entschädigungszuschlag immerhin 1,1 Millionen, weh getan hätte, sondern weil sich zunächst niemand im Haus für meinen Fall zuständig fühlte. Der junge Verlagsleiter, dem ich den Segen zu verdanken hatte, war entlassen worden. Ich bekam seine Handy-Nummer und erreichte ihn, als er die Côte d'Azur mit dem Cabrio entlangfuhr. Er hatte eine gute Abfindung erhalten, duzte mich jetzt solidarisch und sagte: Sollen sie bluten, die Konzernschweine!

Mein Ruf als Autor war unbeschädigt, meine Konten barsten. Wenn mir Nadja nicht die Märchen und Mythen ausgetrieben hätte, würde ich jetzt vielleicht ein Polykratestrauma entwickeln, frei nach jenem Typen aus der Schiller-Ballade, der die Gunst der Götter derart schamlos erfahren hat, daß sich der Gast mit Grausen abwendet.

Ich würde in Buenos Aires Nadja zum Fauchen bringen, ich würde beim Tanzen meine Hand auf ihren Echsenarsch legen. Wir würden den Gauchos zeigen, was wirklich obszöne Tänze sind. Und im nächsten Jahr würde ich ohne Hetze das schreiben, wonach mir zumute war, und nicht das, was die Verlage sich wünschten. Sie sollten sich das wünschen, was ich gemacht hatte. Ich würde keine Sechs- sondern eine Achtzimmerwohnung beziehen: nicht zwei, sondern vier Arbeitszimmer. Man muß an mehreren Sachen gleichzeitig schreiben, sonst ist es langweilig. Für jede Arbeit einen eigenen Schreibtisch.

Ein Zimmer für den Liebesroman. Aber nicht »Liebe 2000«, sondern eine Geschichte ohne Verfallsdatum – aber voller Verfallensein: »Das Zeitalter der Eidechse«. Ein Zimmer für die pornographischen Versuche. Ich hatte den Titel und den Schauplatz schon: »Die Oase«. Und ein Zimmer für Theaterstücke. Aber nicht »Hongkong 2000«, sondern »Die Nacht im Lift« – das wäre nicht ohne.

Und dann wäre eine richtige Schlauschrift fällig. Was ich in den letzten Monaten gelernt, die praktischen Erfahrungen, die ich gemacht hatte, das alles war ein Sachbuch wert. Ich sollte dem Kapitalismus in den Hintern treten mit einem

Ratgeber, wie man mit dem Ausnützen heißer Luftströmungen in die Höhe segeln kann, wie man mit Hysterien und Visionen spielt, wie man Moden aufgreift und absticht, wie man mit Phantomen jongliert, Schaum schlägt und mit der Erzeugung von Nichts viel Spaß hat und eine Menge Geld einsackt.

Vier Zimmer für die Arbeit, vier für die Liebe, das wäre gerecht. Vielleicht doch noch zwei Zimmer dazu für den Besuch der geschiedenen Ehefrauen: einen kleinen Salon mit einem Nebenraum, falls die alten Funken doch noch einmal sprühen sollten. Immer wenn es mir richtig gutging, vergaß ich alle die Zicken von Sophie und Maria und Brunhild, meiner Nibelungenverirrung. Ausgesprochen angenehm, wie das neue Jahr beginnen würde. Ich war der dummen runden Zahl 2000, der Hysterie und der Ermattung, die sie verbreitet hatte, einigen Dank schuldig.

Sophie hatte ich 60 Tausend für ihr Griechenlandgrundstück gegeben. In einer Gerechtigkeitsaufwallung griff ich nun, einen Tag vor der Abreise, unter meine Matratze, holte zweimal die gleiche Summe hervor, steckte die Bündel mit den Scheinen in wattierte Umschläge und schickte sie mit einer kurzen Erklärung den anderen beiden Exfrauen Maria und Brunhild. Wie immer brachte ich es nicht fertig, den Namen Brunhild auf das Kuvert zu schreiben, und benutzte die Abkürzung: B.

Die Post, meines Wissens noch nicht privatisiert, ist schneller, als man denkt. Am nächsten Mittag stand Maria in der Tür, sah schmerzhaft gut aus, reichte mir die Tüte mit dem Geld und sagte: Ich brauche das nicht! Ich fand es sympathisch, daß sie nicht gesagt hatte: Ich brauche dein Geld nicht!

Ich war zerlumpt und hager, und sie fragte: Fastest du wieder? Der Tonfall war teilnahmsvoll-anerkennend. Ein alter Streitpunkt. Sophie hatte mich beschimpft und verhöhnt, weil ich ihrer Ansicht nach ein Asket war. Sie frühstückte zwei Stunden, und wer im Stehen seine Nahrung verschlang, der war ihr verdächtig. Maria hatte Verständnis für meine Eßgewohnheiten gehabt, sie schwärmte vom Wohlgefühl der Leere, wenn man wenig zu sich genommen habe, und deutete meine Unlust, mich zu festgesetzten Zeiten »zu Tisch« zu begeben und mir den Magen vollzuschlagen, als ein natürliches Bedürfnis zum Fasten, eine Stärke, die sie bewunderte, weil sie selbst dazu nur selten in der Lage war. Ich bin aber weder Fastenmönch noch Asket. Diese Ideologinnen! Ich gehe gern schreibend meinen Gedanken nach – und ich gehe gern der Liebe nach. Endloses Frühstücken oder das Verspeisen von Menüfolgen ist mir dabei nicht immer, aber oft im Weg, das ist alles. Als Maria zögernd ging, fragte ich mich, wie ich reagieren würde, wenn sie jetzt schluchzend zusammensänke und sagte: Die Zeit mir dir war am schönsten. Ich war so häßlich zu dir. Trinkst du noch immer diesen eiskalten Weißwein? Hast du einen Schluck für mich?

Endlich war es soweit. Fünf Tage nach Nadja begab ich mich in die Lüfte. Mein Zimmer hatte ich wieder nicht abgesperrt. Diesmal absichtlich. 180 Tausend lagen noch unter der Matratze. Ich flog über New York. Ein gewaltiger Umweg, für den ich meine Gründe hatte. Seitdem ich Nadja kenne, schwärme ich ihr von einem Filmdokument vor. Immer sagt sie: Du redest immer nur davon und zeigst es mir nie. Ich hatte keine Zeit gehabt, die Kassette zu besorgen. Den Vorwurf wollte ich nicht mehr hören. In New York konnte man die Videokassette kaufen, und wer 14 oder 16 Millionen besitzt, kann über New York nach Buenos Aires fliegen. Es ist eine der letzten Filmaufnahmen von Billie Holiday vom 8. Dezember 1957. Sie singt zum letzten Mal ihren Blues »Fine And Mellow«, die alte Geschichte von dem Scheißkerl, den sie leider liebt und der sie zur Sklavin macht, aber ehe er eine Puppe aus ihr machen wird, das schwört sie, wird sie ihn im Grab liegen sehen. Die Aufnahme ist ein Fest der Inbrunst. Mehr Aussage über sich kriegen Menschen nicht hin. Dieser Dezembertag 1957 ist ein wichtigeres Datum für die Geschichte der Menschheit als die kommenden zehn Jahrtausendwechsel zusammen. Die drei größten Tenorsaxophonspieler des Globus, nicht mehr auf der Höhe ihres Könnens und eben deswegen so rührend, begleiten die Lady, die völlig zugekifft und am Ende ist. Sie singt wie ein junger Vogel, aber sie sagt ihren Song an, krächzend wie eine Hundertjährige: I don't know – the blues is a sort of mixed up thing, sometimes a little bit slow, next time a little bit brighter. Indeed you have to feel it. Everything I do sing is a part of my life.

Ich habe das ein paarmal gesehen, und es hat mich ergriffen, wie mich sonst nur das Liebesspiel der Eidechsen ergreift. Weiß Gott: Nur das ist Kunst, nur das berührt, was man sich aus der Seele gesäbelt hat.

Ich war noch nie in meinem Leben in New York gewesen. Es machte mir Spaß, vom Flughafen nach Manhattan zu fahren, in einem kleinen Jazz-Laden die Video-Kassette zu besorgen und mit dem Schatz sofort wieder umzudrehen. Keine drei Stunden später kehrte ich der kalten Nordhalbkugel den Rücken und flog mit meinem Mitbringsel Richtung Süden, Nadja, der Eidechse, entgegen.

24

Es war vollkommen vernünftig gewesen, meine Phantomprojekte von zu Hause aus zu löschen. Es wäre idiotisch gewesen, das nicht zu tun, ein paar Millionen zu verschenken und bei etlichen Verlagen einen unprofessionellen Eindruck zu hinterlassen. Es wäre ebenso idiotisch gewesen, die Geschäfte von Buenos Aires aus abzuwickeln. Ich wäre bei Nadja gewesen und doch nicht bei ihr, und sie hätte mich gehaßt, wenn ich ihre lasziven Häute mißachtet, meine grotesken Telephonate von einem Hotelzimmer aus geführt hätte, das fürs Fikken und nicht zum Auflösen von Verträgen gedacht war.

Trotzdem: Ein Lover läßt seine Liebste nicht einfach allein nach Buenos Aires fliegen. Das ist keine Art. Auch das ist idiotisch. Es war mir klar, daß Nadja das nicht einfach hinnehmen konnte. Vernunft muß bestraft werden.

Sie hatte mir ein Café genannt, das sie in den vergangenen Tagen zu ihrem Stammsitz gemacht hatte. Ein Busfahrer-Café, wie sie mit proletarischer Arroganz sagte. Ich stieg mit meinem Koffer aus dem Taxi, und jetzt kam ich mir wirklich vor wie ein verdammter Yankee. Im Sommer bin ich einigermaßen braun, aber jetzt war es Ende Oktober in Europa, und meine Haut war schon herbstlich hell.

Nadja, ohnehin braun von ihrer kenianischen Mutter, wird nach einem Sonnentag noch dunkler. Hier schien die Sonne. Der Sommer begann. Sie saß mit lauter dunklen, gutaussehenden Typen an einem Tisch und rauchte affektiert. Sie war der Mittelpunkt. Die Männer lärmten. Als ich kam, stand sie nicht auf, kam mir nicht entgegen, flog mir nicht um den Hals. Sie verhielt sich so, als sei ich ein lästiger Liebhaber aus der Vergangenheit, eine Verirrung, ein Yankee eben, der zwischen ihren neuen Latino-Lovern nichts zu melden hat. Bonjour Monsieur Lézard, sagte sie spöttisch. Eine Frechheit. Ich weiß nicht, was Eidechse auf spanisch heißt und ob die anderen den Gruß verstanden, aber sie lachten.

Zum Glück kenne ich sie mittlerweile. Am Anfang unserer Liebschaft hätte mich dieses Verhalten zur Verzweiflung gebracht. Jetzt wußte ich: Das ist die Strafe. Ich war sicher, sie hatte mich keine Sekunde vermißt, und das war gut so. Trotzdem, sie mußte mir zeigen, wie gut es ihr ohne mich ging. Es sollte mir weh tun. Und es tat weh. Ich entschloß mich, nicht beleidigt zu sein, sondern gleich meine Duftmarke zu setzen, beugte mich zu ihr – und statt sie zu küssen und ihr die Chance zu geben, den Kuß des Yankees zurückgelehnt geschehen zu lassen, biß ich sie in den Nacken, dorthin, wo sie es mag. Sie hatte sich gut unter Kontrolle und ließ sich den Schmerz, der ihr jetzt keine Lust bereitete, nicht anmerken.

Ich bin mit meinem Spanisch bald am Ende. Nadja spricht es fließend. Sie spricht auch Arabisch. Da zwei der Busfahrer aus Jordanien waren und einer aus Ägypten, rächte sie sich, indem sie mit wüsten arabischen Reden die drei Männer zum Lachen brachte und mich vollkommen ausschloß. Von einem anderen Busfahrer aus dem Libanon erfuhr ich dann, daß sich alle Busfahrer von Buenos Aires, einheimische wie zugewanderte, seit Tagen darum rissen, Nadja allein im Bus durch die Stadt zu fahren. Ich schmolz dahin und freute mich. Denn ich wußte, auch ich würde an diesem ungewöhnlichen, geradezu feudalen Vergnügen teilhaben können, wenn sie ihr Mißachtungsprogramm erst abgeschlossen hätte.

Der Ägypter erbarmte sich meiner und fragte mich auf spanisch, was er uns zu trinken spendieren dürfe. Nicht mir, sondern uns. Er fragte mich, was Nadja und ich trinken wollten. Das gefiel mir. Ich war offenbar als Macho und Nadjas Macker akzeptiert worden, der über die Getränke entscheiden kann, und da ich kein Macho bin, gab ich die Frage an sie weiter. Sie hatte viele Kaffees geschlürft und wollte nun einen Orangensaft. Da sie keinen kalten Weißwein hier hatten, schloß ich mich an.

Der Saft war ungenießbar. Eine Art verdünnter, künstlich parfümierter Orangenurin – ein Brechmittel. Nadja nippte und erstarrte. Nach einer halben Stunde hatte ich genug. Die

Busfahrer in Ehren, aber ich wollte langsam weg von hier und ins Hotel. Das Problem war der Saft. Soviel war klar: Man kann nicht den großzügigen Willkommenstrunk eines Arabers einfach stehen lassen. Man würde vielleicht nicht erstochen werden, aber die Fahrten im leeren Bus würden nach dieser eklatanten Verletzung der guten Gastsitten entfallen.

Da nahm ich Nadjas volles großes Halbliterglas und trank den nun auch noch warm gewordenen parfümierten Orangenurin aus, holte kurz Luft und leerte dann auch mein eigenes Glas.

Wir nickten den Männern zu, mañana, und weg waren wir. Im Taxi schmiegte sich Nadja endlich an mich. Das mit dem Saft werde ich dir nie vergessen, sagte sie.

Es gibt einen Rock'n'Roll-Song, in dem Elvis Presley und andere Interpreten ihr Mädchen darum bitten, nicht auf ihre blauen Wildlederschuhe zu treten. Sonst sei jede Untat erlaubt, nur eben dies eine nicht: Don't step on my blue suede shoes! Nadja bat mich, ihre aufregenden Eidechsenhäute, die sie gern trug, um mich zu verführen und in Raserei zu bringen, bei eben dieser Raserei, zu schonen und nicht zu zerreißen und keine Löcher hineinzubeißen. Das fiel mir oft schwer, aber da ich sie gern sah, verkleidet als schlängeliges schwarzes oder grünes Echsentier mit unverletzter Hülle, versuchte ich mich an die Bitte zu halten und bat Nadja im Gegenzug, bei ihren unerwarteten rabiaten Attacken auf meinen Corpus, meine Rippen nicht wieder zu malträtieren.

Wir fuhren viel mit leeren Omnibussen und lernten eine Menge. Im großen Kühlschrank des Hotels stand immer eiskalter Weißwein bereit, ein chilenischer, den man jetzt, wo dieses Land halbwegs normal regiert wird, durchaus trinken kann. Wir tanzten Tango, wie man ihn nicht tanzt, und die Argentinier staunten. Wir rauchten nachlässig, oft eine Zigarette zusammen, die wir uns gegenseitig aus dem Mund nahmen. Einmal in einer Bar sprang Nadja auf den Tisch. Sie hielt eine Rede, die darauf Bezug nahm, daß in jeder lateinamerikanischen Liedzeile mehrmals das Wort »corazon« vorkommt. Sovielmal »Herz« sei nicht mehr normal, rief sie, und ich liebte sie glühend. Ob den Latino-Poeten denn wirklich nicht Besseres einfalle, fuhr sie fort. Sie sollten mal Rimbaud lesen, ehe sie ihre Herzlyrik ersönnen.

Einmal brachte mir Nadja eine Eidechsenjacke mit. Eidechsenkleidungsstücke waren natürlich nie aus Eidechsenhaut. Wir nannten sie so. Wir tragen nicht das Kleid unserer Artgenossen. Die Jacke war aus irgendeinem feinen Leder und paßte wie angegossen, aber ich fand, ich sah verboten aus darin. Wie ein Schnulzensänger, der ein bißchen gefährlich wirken will. Verboten ist doch gut, sagte Nadja, sah mich dunkel an und stürzte sich auf mich: Mon grand lézard, sagte sie nach dem Flinkfick, den sie so hatte haben wollen, züngelte ein bißchen und streichelte mich sanft. Ich sollte mit dieser Jacke mit ihr zum Tanzen gehen. Drei Wochen zierte ich mich, es war mir peinlich, so auszusehen. Le Fück! schimpfte Nadja, wie mutlos du bist! Ich stand vor dem Spiegel und musterte mich: Wie ein Luxus-Zuhälter, sagte ich. Nadja aber schob mir einen Fuß zwischen die Beine und sagte: Was hast du gegen die Gosse, alter Spießer? Dann tanzten wir.

Es war nun Mitte November, und der argentinische Sommer wurde immer schöner. Soweit das Leben ihrer vier Söhne in Frankreich und Spanien gelenkt werden mußte, tat Nadja das mit knappen, unsentimentalen telephonischen Anweisungen.

Einmal kam Nadjas jüdische Freundin Rachel aus Paris, die in Buenos Aires Verwandte hatte. Sie rügte Nadja, daß sie sich mit einem Deutschen eingelassen hatte, und ich sagte: Es ist mir neu, daß Eidechsen einer Nation angehören. Rachel war es gewesen, die meine Liste mit Phantombüchern kritisiert hatte, weil eine Liste immer etwas mörderisch Deutsches sei. Nun war keine Liste mehr da. Irgend etwas aber mußte sie immer kritisieren. Daher beschwerte sich Rachel darüber, daß ihre Freundin Nadja auf der Straße rauchte. Das sei Nuttenart. Da wurde Nadja wütend, und wir trafen Rachel nicht wieder. Schade, fand ich. Ich mochte ihre aberwitzigen Vorwürfe. Und auch den jüdischen Clan, den wir durch Sie kennenlernten.

Bisher hatte ich es nie länger mit Nadja ausgehalten, nun vergingen die Tage, und wir taten uns immer noch gut. Ich konnte nicht genug davon kriegen, wie sie mit ihrem zierlichen braunen Körper energisch in enge Häute schlüpfte und mit Knöpfen oder Reißverschlüssen hantierte. Normalerweise ist es die sich kunstvoll entkleidende Frau, die Männer aufregt. Das mochte ich auch, wenn Nadja sich häutete. Verrückter vor Lust aber machte mich ihre Verwandlung in unser Lieblingsreptil. Das wußte sie an mir zu schätzen, denn keiner ihrer vielen Männer hatte dafür etwas übrig. Sie verstehen nichts von Eidechsen, sagte sie und verzog den Mund – und ich liebte ihre Verächtlichkeit.

Machmal klappte ich meinen Laptop auf und versuchte zu schreiben. Ich war aber kein anderer Mensch geworden. Ohne den Druck des Auftrags und mit einem Glas eiskalten chilenischen Weißweins neben mir fiel mir nichts ein als Privatpornographie: schlüpfrige Eidechsenpoesie, mit der ich Nadja und mich selbst zwar ergötzte, die aber darüber hinaus nicht von Interesse war.

Anfang November erreichte mich eine E-Mail: »Wo bleibt Jaffa mit ihren großen weißen Zähnen?« Wer ist Jaffa? fragte Nadja, die kleine weiße Zähne hat und funkelte: Du sollst keine anderen Eidechsen neben mir haben. Ich hatte keine Ahnung und mußte beim Absender nachfragen.

Es stellte sich heraus, daß ich einen Fehler gemacht hatte. Mein Millionencoup war kein perfektes Verbrechen. Eines der Phantomprojekte hatte ich vergessen zu stornieren. Dunkel erinnerte ich mich. Es war die Geschichte für diesen Hersteller von Zahnarztstühlen: Einer der Heiligen Drei Könige ist auf der Suche nach Jaffa, der schönen Jüdin mit dem blendenden Gebiß, und nicht nach Jesus, dem häßlichen Säugling. Ich hatte das volle Honorar bereits erhalten.

Die E-Mail-Botschaften waren erst neckisch und wurden

dann unfreundlich: Wir verlängern die Abgabefrist bis zum 28. November. Sollten Sie bis dahin nicht liefern, wird unsere Buchhaltung den Vorschuß in Höhe von 40 Tausend Mark zurückfordern. Die durch die Terminverzögerung entstandenen Mehrkosten bei der Herstellung werden wir Ihnen nachträglich in Rechnung stellen.

Nadja ließ sich von ihren Busfahrern drei Tage allein durch die Vororte von Buenos Aires fahren. So lange brauchte ich für eine kleine Erzählung von lächerlichen 30 Seiten. Ich war nicht mehr in Übung. Die Geschichte nannte ich »Die Wahrheit der Anbetung. Eine Enthüllung«. Lieber hätte ich eine Geschichte über die anbetungungswürdigen Eidechsen geschrieben.

25

Nie hatte einer von uns den anderen gefragt, was er an Silvester vorhabe. Die mit Abstand dümmste Frage des Jahres 1999 muteten wir uns nicht zu. Ich hatte diese Frage so oft hören müssen, daß ich mir jeden Gedanken an diesen albernen Tag verbot, der mich, wie sich nach einem Anruf meines Steuerberaters herausgestellt hatte, doch nur zum siebenfachen Millionär gemacht hatte. Im Überschwang hatte ich mich verrechnet. Vier Millionen waren schwarz verdient. Zum Glück! Drei mußten versteuert werden. Le fück! Die drei waren somit eigentlich nur anderthalb. Sofort dachte ich sorgenvoll an meine unabgeschlossene Wohnung und das Geld unter der Matratze.

Und was machst du an Silvester? Ich hatte diese elende Frage im Lauf des Jahres einfach ignoriert. Wenn sie kam, tat ich so, als hätte jemand gefurzt und als wollte ich das Geräusch nicht wahrnehmen. Wurde die Frage mehrfach wiederholt, sagte ich: An Silvester? Nichts!

Natürlich hatte ich eine diffuse Vorstellung, die ich wie eine Intimität hütete. Es geht nicht ohne Vorstellungen. Nadja spielte in dieser Vorstellung nicht mit. Ich sah sie bei einem ihrer vier Männer oder mit allen vieren und ihren vier Söhnen. Wir würden uns an diesem Tag nicht einmal anrufen. Das fehlte noch. Einer von den Milliarden Affen wollte ich nicht sein, die sich »Ein gutes neues Jahrtausend!« wünschten. Wir waren Eidechsen, nicht Affen.

Ich sah mich allein in meiner alten Wohnung herumsitzen und aufräumen. Den Umzug vorbereiten. Das würde meiner Antijubelhaltung gerecht werden. Ich mußte mir schon etwas treu sein. Das Banalste war gerade recht. Der Silvester-GAU: Größtmögliche Anzunehmende Unfeierlichkeit. Aufräumen langweilt mich maßlos und strengt mich an. Es macht mich müde. Es könnte sein, daß ich dabei einschlafen würde. Das wäre nicht übel. Die große Mitternacht verpennen. Um drei Uhr aufwachen, ein Glas eiskalten Weißweins trinken, ein paar Zeitungsausschnitte der Vorjahre sichten, sie wegwerfen wollen und sich dabei festlesen.

Am Neujahrstag hatte Maria Geburtstag. Auch einen runden. 40 würde sie werden. Das würde ein Hallo geben um Mitternacht. Gut, daß ich diese Festgesänge nicht mehr als ihr Mann ertragen mußte. Sicherlich hätte mich Maria zu dieser großen Nacht eingeladen. Sicherlich würde ich nicht hingehen. Sicherlich würde ich mir in meinen Literatenzimmern eine Viertel-Silversterstunde lang eine Vision gönnen: Maria hat plötzlich von den Festlichkeiten genug. Sie flieht zu mir. Darf ich bei dir bleiben? Ich nicke und sortiere Zeitungsausschnitte. Mein Gott, ich werde 40! ruft Maria erschrocken. Da muß ich sie trösten, und wenig später vögeln wir wie früher. Danach würde ich sie streicheln und mich fragen, ob ich ihr vorsichtig von Nadja und der Eidechsenliebe erzählen sollte.

Am Neujahrstag würde Sophie anrufen und mich fragen, was ich an Silvester gemacht hätte. Zeitungsausschnitte sortiert? Das sieht Dir ähnlich! Sie würde das so unsinnig abwertend sagen, daß ich ihre Einladung zu einem Abendessen garantiert nicht annehmen könnte.

Es war Mitte Dezember, als Nadja leuchtend von einem Streifzug durchs Zentrum zurück ins Hotel kam. Sie trug Handschuhe, ein Zeichen dafür, daß sie unternehmungslustig war. So geht es doch nicht weiter! sagte sie.

So geht es doch nicht weiter! Diese Worte können mich immer noch erschrecken. Keine meiner Ehefrauen oder der Frauen, die ich näher kannte, war fromm gewesen, aber sie kamen doch alle aus irgendwelchen christlichen Familien. Und Ehefrauen und Geliebten mit christlicher Herkunft ist nicht zu trauen. Ich habe schlechte Erfahrungen. Man liegt mit ihnen friedlich im Bett, plötzlich fahren sie hoch. So geht es doch nicht weiter. Sie müssen einem beichten, daß sie eine Affäre hatten oder haben. Mein Gott, was ist dabei, sagt man, sei froh! Dann werden sie wütend oder traurig. Sie wollen, daß man sich ein bißchen eifersüchtig martert und ihnen dann vergibt. So sind sie, die Christen. Sie brauchen Buße. Verdrehtes Volk. Man hat eine Geliebte, man vögelt unchristlich mit ihr, plötzlich macht sie sich steif – und sie braucht gar nicht zu sagen, woran sie denkt, man weiß schon: Mein Gott, denkt sie, so geht es doch nicht weiter! Ich betrüge meinen Ehemann!

Ich will nie wieder etwas mit Christinnen zu tun haben. Nadja, die Heidin, wird sich nie reuig im Bett aufrichten und sagen: Himmel, wie sehe ich aus! Wie eine Eidechse! Herr, vergib mir, denn ich habe Freude an Bissen und Schlägen gehabt. Ich habe mich versündigt. Ich habe vergessen, daß ich eine Menschenfrau bin.

So geht es doch nicht weiter! Ich bin ein wenig traumatisiert von diesen sechs kurzen Worten, die ich früher so oft habe hören müssen: So geht es nicht weiter mit Ehe oder Betrug. Ich glaube nicht, daß ich jemals von Nadja hören werde, daß es mit der Eidechsenliebe so nicht weitergehen kann. Trotzdem bleibt ein bißchen Restangst. Man hat seine Phantasien: Nadja hat die Nase voll von ihrem deutschen Poeten. So geht es doch nicht weiter! Der jordanische Busfahrer reizt sie plötzlich mehr. Gut, sagte ich mir, dann müßte ich eben kämpfen um sie.

Das Gegenteil war der Fall. Es ginge nicht so weiter, fand Nadja, sich unentwegt von diesen Busfahrern in leeren Bussen durch Buenos Aires kutschieren zu lassen. Wir gehen auch zu viel essen. Das nervt sie. Du schreibst nichts, sagte sie. Le fück, ça me nerve! Sie will weniger Luxus. Mehr Pizzatomatenbüchsen! In einem lateinamerikanischen Reiseführer hatte sie gelesen, daß auf den Galapagos-Inseln die Urechse lebt. Dort will sie mit mir hinfahren. Zu unseren Ahnen, sagte sie, setzte sich mit ihrem bananenschalengelben Rock auf meinen Schoß, ließ wie ein Mädchen die nackten Füße baumeln, und der Stoff ihres engen, gelbgrünen Oberteils war glatt und schuppig zugleich.

Die Galapagos-Inseln liegen vor Ecuador auf der anderen

Seite des Kontinents im Südpazifik. Eine endlose Reise. Soweit ich mich an Fernseh-Tierfilme erinnerte, ausgesprochen scheußliche Inseln. Was mir an dem Plan vor allem nicht behagte, war das Besondere. Ich wollte das Besondere nicht. Nicht zum Jahrtausendwechsel. Silvester auf den Galapagos-Inseln – das war noch exklusiver, als in Hongkong im Lift zu stecken oder die lange Nacht in Lappland zu erleben. Daß ich, der ausgewiesene Feind aller originellen Silvester-Events, diesen Tag womöglich an einem toporiginellen Ort zubringen sollte, störte das Bild, das ich von mir habe. Am Ende des Jahrtausend nach den eigenen Wurzeln suchen, das war auch so sinnig und symbolisch, ich aber liebe den Unsinn und halte nichts von Symbolen. Ich würde mir sofort das Maul zerreißen über Leute, die Silvester in die Urzeit reisen, und ich wollte nicht zu denen gehören, die ich als Autor verspotte.

Von diesen Bedenken sagte ich Nadja nichts. Die lästige Nacht in meinem alten Zimmer zu verbringen wäre vielleicht auch etwas krampfhaft um Banalität bemüht, etwas deutsch und dachstubendichterhaft.

Nadja erkundigte sich nach Schiffsverbindungen von Ecuador nach den Inseln. Es gab Silvesterausflüge. Führungen von Zoologen am Neujahrstag. Ich hatte keine Lust, mit einer Reisegruppe an Bord zu stehen und mit Schwaben, Sachsen und anderen Yankees um Mitternacht anzustoßen.

Da fielen mir meine Millionen ein. Millionäre mieten sich Jachten. Das tat ich nun. Die Kajüte bitte groß genug. Eidechsen mögen keine Enge. Sie brauchen Platz, wenn sie sich lieben. Sie lauern sich auf. Sie fallen sich an. Ich will ein schönes weißes Schiff. Eine gutaussehende Mannschaft. Wenn möglich Leute verschiedener Herkunft, das ist unterhaltsamer. Keine Monokultur. Nadja hat eine Schwäche für Asylanten. Ich allein bin ihr zu deutsch. Das verstehe ich. Das Dasein ist ein Asyl, findet sie. Bunt muß es zugehen. Kein Tropfen Sekt und Champagner an Bord, aber die Kühlschränke voll mit eiskaltem Weißwein. Olivenöl und Brot als Reminiszenz. Wir essen gern frisch gefangenen Fisch, so ist es nicht. Keine Askese, wir können auch schlemmen. Ein guter Koch bitte. Und einen Kundigen, der uns auf den Inseln abseits der Touristengruppen zu den Echsen führt.

Das alles ließ sich machen. Es kostete nicht mehr als zwei durchschnittliche Phantombuch-Honorare. Wir flogen nach Ecuador. Nadja rief ihre vier Männer und ihre vier Söhne an und sagte, sie komme irgendwann im Januar zurück.

Als sie die weiße Jacht im Hafen liegen sah und ich ihr sagte, daß wir mit diesem Schiff zu den Galapagos-Inseln reisen würden, kratzte, biß und ohrfeigte sie mich wütend und nannte mich einen durchgeknallten Kapitalisten. Sie würde dieses Schiff nie betreten. Sie sei im Innersten eine blinde Passagierin und keine Yankee-Luxus-Schickse.

Da trat der Kapitän an die Reling und winkte freundlich. Schon wurde Nadja milde. Sie sehen gut aus, rief sie ihm zu, der Bart steht Ihnen! Eine Eigenart der Eidechse, wildfremden Menschen die Meinung zu sagen. Ich habe einmal erlebt, wie Nadja in einem Straßencafé auf eine Frau zuging und sagte: Sie sind schön, aber Sie sollten eine andere Frisur tragen. Dabei griff sie ihr ins Haar wie einer guten Freundin, deutete mit dem Kinn auf den Begleiter und sagte in einer Sprache, die dieser nicht verstand: Aber ich würde mich nicht mit einem so häßlichen Typen einlassen, der seinen fetten Körper in ein viel zu enges Jackett zwängt.

Der Steward an Bord sah noch besser aus als der Kapitän, war aus Marokko, und Nadja sprach sofort arabisch mit ihm. Der Koch kam aus Kenia. Nun war sie versöhnt. Mir machte der Name der Jacht etwas zu schaffen. Sie hieß Maria.

Zwei Wochen waren wir unterwegs. Wir tranken und waren lustig und rauchten sogar während des Essens. Mit der Besatzung unterhielten wir uns so gut wie mit den Busfahrern. Ich vergaß meine Bücher. Eines Morgens standen wir alle an Deck und betrachteten den Sonnenaufgang über dem Südpazifik. Nichts Besonderes übrigens. Da fiel dem Koch auf, daß es der 3. Januar war und wir den Jahreswechsel nicht beachtet hatten. Nada! sagte der Kapitän. No es nada! Olvída la mierda! – Nichts, was soll's, vergiß den Scheiß! Sein verächtliches Spanisch fegte alle Kalenderdaten der Welt beiseite. Er spuckte ins Wasser. Welches Jahr schreiben wir? fragte er dann. Der Koch hob die Schultern und lachte, und Nadja küßte ihn. Meine Haut bekam ihre Sommerfarbe und stach nicht mehr so hell ab gegen Nadjas Braun.

Nachts, wenn es kühler war, schlüpfte Nadja in ihre Eidechsenhaut, mal grün, mal gelb, mal schwarz und mal burgunderrot. So ging sie an Deck in den Wind und schaute aufs Meer. Sie wußte: Ich saß in einem der Liegestühle und sah sie da stehen. So sind die Eidechsenpaare: Sie verharren eine Weile unbeweglich und scheinbar teilnahmslos in einem gewissen Abstand zueinander. Das Abwarten und Distanzhalten erhöht den Paarungstrieb. Und so genoß auch ich das Ansteigen meiner Lust, solange es ging. Dann plötzlich packte ich Nadja und schleppte die leise fauchende Beute in die Kajüte. Les lézards font le fück au soleil, schimpfte sie und krallte mich. Richtig, die Sonne macht uns wilder und wendiger, aber eine Paarung am hellichten Tag an Deck vor den Augen der Besatzung war schlecht möglich.

Ob Tag, ob Nacht, du bist und bleibst meine kenianische Gürteleidechse, zischte ich ihr ins Ohr, meine schwarze algerische Wüsteneidechse, meine durch den Ginster huschende Smaragdeidechse, meine gewöhnliche Steineidechse, meine glatthäutige Peitscheneidechse, meine marokkanische Brillanteidechse, meine provencalische Reißverschlußeidechse, meine Springeidechse, meine geschwind schlängelnde persische Rubineidechse, meine jordanische Korsetteidechse, meine polygam züngelnde Handschuheidechse, meine scharfäugige Ruineneidechse, meine pompejianische Halsketteneidechse, meine jemenitische Silberschwanzeidechse, meine faul auf dem Felsen dösende Knopfleisteneidechse, meine hemmungslos bissige israelische Lammledereidechse, meine am Ziehbrunnengemäuer scheu sich sonnende ungarische Paprikaeidechse.

Wir gingen nicht auf die Inseln. Auf dem Schiff war es schöner. Es gab einen Galapagos-Bildband an Bord. Die Urechsen waren abscheulich. Ich biß in Nadjas Nacken, und sie gurrte. Zum Teufel mit unseren unförmigen Ahnen! Wir wollten sie nicht sehen. In ein paar Tagen würden wir zusammen nach Paris fliegen, dann würden sich unsere Wege eine Weile trennen. Einige Wochen ohne Nadja standen mir bevor. Eine Zeit ohne Sonne. Doch ich würde nicht einsam ins Leere schmachten. Ich würde mich ab und zu krümmen vor harter Sehnsucht nach Hitze. Ich würde leise lallen vor Lust auf ihre glatte Haut.

Wirst du mich vermissen? fragte ich.

Sie schüttelte den Kopf.

Gut, sagte ich, das ist gut.

Du schreibst, sagte sie. Es war eine Mischung aus Frage und Antwort, Befehl und Beschwerde.

Ich nickte.

Willst du meine Eidechse bleiben? fragte ich.

Ja, sagte sie, ich will!